金丝猿的故事

李渝 著

九州出版社
JIUZHOUPRESS

推荐序 物色尽，情有余——李渝《金丝猿的故事》

文／王德威（美国哈佛大学东亚系暨比较文学系教授）

《金丝猿的故事》是作家李渝在新世纪之交所出版的一部小说，时隔十二年后重新修订问世。如果只就情节、人物而论，新旧两版几乎没有差别，但风格却有明显不同。李渝所谓的修订何止停留在文字的润饰订正而已，她所投注的精力已经迹近改写。

李渝的作品量少质精，早已经赢得读者的尊敬。她重写《金丝猿的故事》，显然对这个故事情有独钟。借着一则有关中国西南森林中金丝猿的传奇，李渝回顾上个世纪中期以来的家国动乱，也思考救赎种种创伤的可能。更重要的，她对金丝猿传奇的叙述，直指她对一种独特的书写美学与伦理的省思。金丝猿因此成为一个隐喻，既暗示历史尽头那灵光一现的遭遇，也点出书写本身所带来的神秘而又华丽的冒险。

1

《金丝猿的故事》篇幅并不算长，所要讲的故事却不简单。一九四九年国民党撤退台湾，身经百战的马至尧将军开始后半生的退隐生涯。败军之将，何以言勇？将军韬光养晦，极力弥补过去的缺憾。他的原配曾经为了另一种政治信仰弃他和幼子而去，再娶的妻子成为他最大的寄托。夫人像极原配，貌美贞静，歌喉婉转，生下乖巧的女儿。偏安的岁月竟然成就了将军宜室宜家的梦想。

岛上日子却不能完全如人所愿。亚热带的低压回旋纠缠，在将军地中海式宅第的回廊角落，在草木葱茏的庭院深处，禁忌骚动，欲望滋长，而且一发不可收拾——就像那恣肆展开的羊齿叶茎。将军家里有了绮闻。

对李渝而言，这才是故事真正的起点。主义信仰的争夺，国家政权的递嬗，兵马倥偬的征战，千山万水的流亡，效忠与背叛，前进与撤退，多少向往，多少怅惘，逼出一次又一次历史危机的临界点。而时过境迁，李渝的将军竟是在至亲的私密关系里，骤然领会历史最曲折的报复与创伤。

李渝的笔锋一转，又写到三百年前中国西南曾经发生的天国圣像事件，以及三百年以后事件的重演。将军的一生功过比诸三百年的兴亡动乱，又要如何论断？而一切的大历史，还有大历史里种种个人恩怨，最终竟凝聚成一则所谓的金丝猿传奇。

金丝猿浑身闪闪金毛，像披着"金大氅"成群结队，不离不散，从林间顶端越过时，闪闪烁烁，"连成一片金光，梦里一样"。更稀奇的是金丝猿有一张蓝色的脸，善发人声，居然"嘴角还会笑"，不啻是"人间至宝"。

有心的读者可以从李渝的叙事追踪出将军和狩猎金丝猿的关系，但我认为这不是她的本意。金丝猿稀有珍贵，来去无踪，甚至带有一丝诡谲气息，是李渝小说里只可意会、不可言说的核心——谜样的核心。借着金丝猿的闪烁出没，故事情节层层展开，此起彼落、若即若离，形成微妙的网络。就此，李渝不再斤斤计较传统叙事的起承转合；她要召唤的是一种互缘共生的想象，一种只宜属于诗的抒情境界。

而这里也正埋藏李渝看待历史的态度。二十世纪中国的动乱曾经带来太多伤痛，各种各样的言说，无论左右，都企图找寻脉络，给出"说法"。但历史千丝万缕的因果哪里能够轻易厘清，交织其中的个别的生命悲欢更不容一笔勾销。李渝仿佛从金丝猿那片闪烁的金光看出了什么：在那绝美的不可捉摸的刹那，启悟发生，情怀涌现，"故事"展开。

李渝有意以金丝猿的故事作为她个人理解历史的方法。小说里的将军征战多年，杀戮重重，辜负也被辜负了太多。唯有在退守台湾，经历了至亲之人的背叛与羞辱，将军痛定思痛，乃至豁然开朗。晚年的将军有女儿马怀宁为伴，回顾往事，恍如昨世："散漫的点滴连成片段，接续成记事，一件事领出另一件事，情节引发出情节，环生出应答的细节，呈现了连贯意识……以为忘了的许多都记了回来，汩汩漫漫涌出如细流的泉水。"

更重要的，将军的回忆仿佛述说他人的故事。"又惊险，又奇异，又缠绵，又壮丽，种种妙质由他成为说者，退去旁观的局外，反倒欣赏到了。"将军审视自己前半生的功过，娓娓道来，从而理解，从而包容。他竟然对发生在自己身边的不堪也生出原谅的心：什么是爱，什么是恨？成全了别人，也就是成全了自己。于是，"他前半生的黑暗化成后半生的光明，使他的恶开出了花"。

诉说故事是将军自己面向历史、相互和解的方式，也是他自我救赎的开始。唯其如此，小说的后半部分才更为动人。多年以后，将军故去，成年的马怀宁旅居美国，却在某夜"遇见"父亲，得知将军仍然有一桩遗愿未了。怀宁回到台湾，携带父亲的骨灰深入当年鏖战的现场。溯河迤逦而上，真相逐渐浮出：天国圣像显灵的所在，身陷重围的将军，玉石俱焚的杀戮，百难解脱的抑郁，多少是非恩怨来到了结的阶段。迷离的山野，悠悠的河水，金丝猿的故乡，怀宁见证往事，如真如幻，一切好了。也在这个时候：

"从她的视点可以望及的方向，很遥远又很邻近的树林也被风吹开了，林木的华盖，从过去到现在到未来，有一片晶莹的光等待着她醒来，不呈传说中的金黄，而是一种暖暖内含精彩的灰颜色，好像是月晕的凝聚还是繁星的窜聚。是的，它们在林顶穿梭飞跃，在枝叶间搓擦出飕飕的声响，然后如同一簇流星，一片月光，一截载负着月光的河水，以目眩的速度飞掠过林端，完成任务，消失在视觉的底线。"

2

现代主义在二十世纪中国文学至少经过五起五落。一九二○年代中期到抗战前夕，李金发、王独清等提倡象征主义诗歌，刘呐鸥、穆时英等引领新感觉派风骚，还有京派的朱光潜、梁宗岱等的美学实验，为现代主义奠定基础。抗战中期，不论是后方的冯至、穆旦，上海的张爱玲，甚至延安的艾青、哈尔滨的爵青，都在现实主义的大纛下逆向操作，写出幽深动人的作品。与此同时，台湾从风车诗社到四十年代银铃会的活动形成平行脉络。五六十年代台湾和海外的现代文学风潮铭刻了一个时代最复杂的"感觉结构"，时至八十年代大陆的寻根先锋文学，则标榜又一波的现代意识卷土重来。

李渝所代表的现代主义创作奠基台湾，成熟于海外，却尝被两岸的文学史所忽视。与其他同在海外创作的同辈作家如白先勇、施叔青、丛苏等不同，李渝来美之后并没有立即投入创作。六十年代末政治气氛高涨，她与郭松棻等都投入了"保钓运动"。这场运动以拥抱祖国、投身革命始，以离去梦土、告别革命终。但对李渝等而言，战事还没有结束，战场必须清理。政治的幻灭砥砺出最坚毅的创作情怀，过往的激情化成字里行间的搏斗。

论者尝谓现代主义琢磨形式、淬炼自我、升华时间，因此与强调完成大我的革命理念背道而驰。但李渝这样的作家却是在经历了政治冒险后转向文学。他们的现代主义信念原来就和他们的政治乌托邦相辅相成，重回写作之后，他们更多了一份过来人的反省和自持。历史与形式不必是非此即彼的选择；书写就是行动。精致的文字可以触发难以名状的紧张，内敛的叙事总已潜藏"惘惘的威胁"。

我们现在更明白《金丝猿的故事》何以要让李渝一再述说。因为那不只是关于她父母一代中国人的故事，更是关于她自己这一代人的故事。我指的不是李渝写出什么"国族寓言"。恰恰相反，李渝毋宁将笔下的历史事件作为引子，促使我们深入勘查"历史"作为你我存在的状态，还有历史界限以外的"黑暗之心"。这历史是血腥的，也是情色的；是理想的，也是混淆的——杀人无算的残暴，壮志未酬的遗憾，方城之战的喧哗，三轮车里的诱惑，栀子花的幽香，水晶玫瑰加沙翻毛酥饼的松软，回廊传来的歌声，电影院散发的艳异光影……形成繁复的织锦，就像将军宅第那块眩人的波斯地毯。

　　是在这一晦暗的边际上，现代主义叙事仿佛成为不可预测的探险，一场耗费心血的战争。李渝要如何运筹帷幄，理出头绪，赋予组织，化险为夷，不只是形式的挑战，也是心理的考验。小说后半段李渝描写将军的伏击狩猎，坚壁清野，奇袭突围，"冲锋，陷阵，埋伏，暗算，背叛，弃离；水域，山岗，坡原，谷壑，树林，沼淖"，何尝不是作家在文字里的鏖战？调动文字，组合象征，"风中轮廓摇摆，疆界在移动归并"。将军的冒险不妨是李渝自己的冒险。而如果我们知道九十年代末以来李渝个人生命的跌宕起伏，她笔下将军的暴虐与温柔、沉郁与解脱就令人更心有戚戚焉了。

　　上个世纪末后现代主义、后社会主义的风潮曾经席卷一切。李渝一如既往，坚持自己的信念。从八十年代的《江行初雪》到九十年代《应答的乡岸》，务求以最精准的书写捕捉生命最不可捉摸的即景。告别革命启蒙，无视解构结构，她像笔下的将军一样，以一颗"自赎的心"追记往事、返璞归真。从大陆到台湾到美国，从美术史专业到现代文学创作，从《红楼梦》研究到民族风格画论，这些年来李渝经过了大转折，终将理解历史就是她所谓的无岸之河，书写故事无非就是渡引的方式。

由此来看，《金丝猿的故事》何必只是李渝持续现代主义的作品？由现代转向古典，由彼岸回到此岸，由现实化出魔幻，连绵相属，密响旁通，"乍看的纷杂混淆，零乱倏忽，无法预测掌握的突然和偶然，都自动现出了合理的秩序，在所有无非都变成为故事的这时，现出了它们的因缘和终始"。

我想到《文心雕龙》里的话："古来辞人，异代接武，莫不参伍以相变，因革以为功，物色尽而情有余者，晓会通也。"物色：万物感应，撼人心魄；色相流转，情动词发。一切生命形式奋起交错、试验创新有时而穷，唯有灰飞烟灭之际，纯净的情操汩汩涌现。蓦然回首，你仿佛看到一种物体一闪而过，"如同一簇流星，一片月光，一截载负着月光的河水，以目眩的速度飞掠过林端，完成任务，消失在视觉的底线"。暖暖含光，悠然回驻。是金丝猿么？物色尽而情有余，这大约是李渝的追求了。

目录

引 传说

据说在很多年以前，西南偏远地区，曾经发生过一件真相至今仍不明白的案子，为数近千的居民进入山岭，失去了踪影，再也没见他们出来。

事情是这样的，丛林葱郁，花卉茂郁，水川丰沛，兽鸟繁栖的西南，相传是天国圣地的所在，留有很多奇妙的故事。据说明末战乱时期就曾出现圣像，当时人们形成朝拜的队伍，聚集去了山里，庆祝盛世的来到。地方政府以乱民造反呈报朝廷，官兵进剿下朝圣人民遭到了残酷的镇压，幸存下来的把神祉埋去地下，而后四散逃亡，发愿三百年后再回来故乡。

三百年很快地过去了，果然如预言所告，圣像再传覆临，这又是战事进行得炽烈的时候，人民听到了消息，重新感到希望，再一次欢欣鼓舞入了山。

这一去，可就此从世界消失，再不见踪迹，再不能联络。

　　有人说，他们找到了地点，建立了乐园，就像古时武陵人之于桃源一样拒绝回来俗世。同意这种看法的认证，确是在山林幽密的地方看到人众，炊烟从半山腰升起，歌声回传在林深什么地方，只是再寻下去却又不见踪影。还有人相信，众人是遇见了圣灵，被接去了天国，才从地面消失的。

　　也有人说，他们莫非重复了和祖先们一样的命运，被歼灭了。

一、栀子花

一九四九年，马至尧将军来到岛屿。一同渡海过来的家人有妹妹马三小姐，儿子马怀远，家仆黄妈和任丰。由仆人带大的怀远，这时候是十二三岁的少年。

一行人由黑色轿车送达长安里的官邸前。

一栋殖民地时期地中海式楼房，白垩土的墙，黛青色的瓦，二楼还有镶着镂花铁栅栏的阳台，坐落在灰蒙蒙的日式木屋之间，显得特别的典雅细致，出类拔萃。

张司机开门，恭候将军下了车。

两排冬杉耸立在青石板过道的两旁，好似两排卫队，笔直引去洛可可风的嵌花玻璃门前。推开门，玄关宽敞，灰绿色瓷砖铺出的是净爽的地面。随本地习惯众人去了鞋，换上凉快的土产草席拖鞋。

海洋式拱柱托出正厅屋顶的高度，一盏巨大的水晶灯从中悬挂下来，借着门口过来的外光，这时正闪烁着星簇似的光芒，给郁暗的前厅提供了不用开灯也有灯的效果。

是的，这一簇星光不但亮起厅堂，也亮起了它底下的一张大地毯。

小心走上去，啊，华贵的波斯地毯，编织着的是图案中有名的狩猎图呢。

出猎的狂热时刻被定点和打平在地面，静止中，队伍排开永恒的阵势。典型的小亚细亚萨萨尼风格，凝血一样的底色上，一名年轻俊美的王公领着勇骑，金冠红鬃，重复出现，驰骋在婉转的藤蔓柳枝葡萄，缤纷的丁香百合石榴花丛间，空洞的大厅便显出了一脉高贵、华丽、肃穆的气象。

顺着 S 形楼梯往上走，地板在脚下叽吱，发出陈年橡木的气味。过道十分阴暗，引去各个卧房。推开门，迎面对墙扇扇葱绿连续，原来窗外相思长得茂密，正欢布在窗玻璃上，迎接着各位新主人的到临呢。

走下楼，穿过大厅，穿过厢房，眼前突然明亮了，沿屋的背后修着一道蜿蜒的回廊，中国庭院风格却是和前边欧式建筑不同，面对着一园幽深的花木，这时各种葱茸的颜色和姿态展现的，正是秋天的最后一阵繁荣。

原屋的主人是在这里经营了满足了他对南亚洲的爱

慕呢。

花香传来，浓馥又忧郁，一时令人迷恍。

什么花，这秋天的黄昏，开得这么的沉醉?

眼睛流连过庭园。山棕、葛藤、云杉、水柳、金柏、银松、金桂、山茶、相思、忍冬、合欢、草本和木本芙蓉、单瓣和复瓣杜鹃。

一丛栀子就生在廊边，绿郁郁的叶子，满缀着白色的花朵。

将军命令除了必要用品和物件，其余大小箱子不必开，都放到阁楼上去，包括了特别沉重的一只铁皮箱，里边装着的是过去将军自己打获的和别人赠送的猎品。

三小姐已过三十，仍称小姐，虽然年少时也曾订过婚，就这么单身一直跟着哥哥。女儿去了南部的黄妈，一生跟随马府，情愿留下来。任丰本是将军的随身勤务兵，现在打理庭园和厨房。总政治部派来的张司机负责将军的进出，没事时帮忙做些杂务，兼任的自然是情治工作。

失去战场，将军不再有用武之地，空备一身经验和胆识。总裁体恤将军半生报效国家，好意让他休歇休歇，解除了他的军职，给以高级政务咨询的头衔，照享钱饷和特权。

儿子由家仆忠心照顾，自己和妹妹相互伴陪，将军是个有操守有教养的人，试着适应新环境。宝岛天气暖和，物产丰富，只是有点潮湿，将军一生跋涉颠簸没有休闲过，倒是在这儿第一次获得了安静的生活。

等待着号角响起的时间，全岛军民同胞同甘共苦修身养息。美国第七舰队驶进海峡，航行于两岸的蓝天和海水，偶然有防空演习，不过引起稍稍的骚动，去后园的自用防空壕躲一会。那新的战争停留在传闻状态，远雷隐隐滚响，却有待前来。

将军很喜欢房后的一圈回廊，从总战部回官邸，常要在廊上的藤椅坐一会，这时任丰会给他拿来一杯红葡萄酒和烟斗。烟斗已经清理干净并且装好了将军喜欢的骆驼牌烟丝。三小姐会下楼来，陪将军在廊上坐一坐，直到眼前的园子渐次失去了光度。

栀子的香气总是忠心地伴陪着。

台风前后，楼房特别潮湿，不知从什么地方发出肉体腐烂的气味，好像是死了几天的老鼠藏在哪里，还是肉臭了忘记扔，叫人忍不住掩鼻子。任丰和张司机花了一整天的时间搜寻和嗅闻，终于定点来源——阁楼上的那只大铁皮箱。两人用了不少力气把箱子扛下楼，趁太阳天，戴了手套，把藏品一件件拿出来，排列在后园的青石板地上。

象牙、犀角、猴头、熊皮、虎皮、豹皮、老鹰、鸠翎等等，说什么有什么，稀奇珍贵的禽和兽，追逐和杀戮都已经过去了，现在舒舒服服躺在阳光下，面目虽狰狞，神情却悠闲，众兽们到底也是获得了休歇和安宁。

风雨过后，天空特别明亮，空气里沁漫着剩余的水汽，和禽兽毛骨的霉腐气。翻来覆去曝晒了好几天，晒得透透的，然后任丰和张司机清理出楼阁一个角落，墙上钉出木板架，把每件东西仔细包扎在塑胶袋里，陈置在架上，总算控制了气味。

官邸有喜事：将军再婚了。

关于自己的第一次婚姻，将军始终认为未完成。事情是这样的，原来第一位夫人婚后不久就不见了。

将军为战争而离家，总是在征途上，夫人枯守，爱的对象是抽象。战争结束，夫人为理念信仰而出走，轮到将军枯守，爱的对象则完全失去了。

　　婚姻停滞在仪式的阶段，高音悬在峰顶，戏止在高潮，蓓蕾被急雨打萎，热情还没能倾放就变成了残念，对第一次婚姻，将军一再有以上一类心情。

　　这第二次婚姻，要从一个落雨的黄昏说起。

　　将军的黑色座车停在十字路口的红灯前。细雨落在窗玻璃上成丝，一位女子立在雨丝之间，窗这边的人行道的边缘。

　　她朝他的方向转过头来，一个面容突然打现在玻璃上，刹时他一惊——将军以为自己又看见了第一位夫人。

　　绿灯亮了，一大群脚踏车匆匆从眼前划过去，刹时切入二十年时间，分开了两面容颜；将军醒过来。

　　她没拿雨伞。他迟疑着，是不是应该邀她入车，送她一段路？

　　没设防的记忆突然受到袭击，将军深深沉入思索。他的脸上，他的眼睛里，光开始照耀，一段历史在昏暗的车厢里明亮了。

　　那时战争刚转败为胜，人人精神振奋，可是空袭更为紧迫了。

　　没有月亮的城市，一到夜晚就彻底的黑，将军从来没有忘记，庭园依山坡营建，在无月的夜里幽幽地开放着的，也是栀子。

警报刚过去，宾客都疏散了，大厅里空荡荡的，一个人也没有，将军没有跟着大家一起走，独坐在厅的一角。

百代留声机兀自转动，尖细的女声唱着青春易去的曲子，弦乐在背后委婉地伴奏。啊，是的，骚动着战争的春夜，年华在黑暗中无端端蹉跎和逝去的时间，近窗的所在，出现了一个女子。

以后将军每回想第一次婚姻，都是这侧影蹀躞到眼前，当时不明在窗帘的褶缝之间的轮廓线条，由以后的共同生活补足，回忆中，它是如此的清楚。

滑润的下巴，白皙的耳轮，细密的发，纤秀的肩、臂，和手。喜欢叠手而坐，斜依在椅一侧的姿势，以及转过头来的笑容。

她的身体渐渐后退和隐约，没入背景，独有这笑容往前移动，越发清晰生动，闪烁着月似的光晕。

这样的人，怎么会去当党员呢？

那时节他气极了，一个能抛弃孩子的母亲算是什么人呢？在家里又给伺候得好好的，就是战时也并不受苦，一个女人的生活除了这些还能再要求什么呢？也许自己长年在外，寂寞了她——可是，在征战的年代，你是照顾了任务就照顾不了个人的。

面对痛苦，好在人体机能常能自我适应，具备自卫的弹性，达到了某个极点，将军也会往别的角度去想，试着用战斗的方式来处理，把夫人看成为敌方，令人蔑视，必须打击。他尽量想出两人的对立面，在气质上个性上是如何的不相称，他努力把分离视为当然，不过是时间问题，制止自己继续追寻原因，不要再去重重复复地思索下去，努力把自己拉出窄角，试着什么都不再想，就让愤怒和悲哀侵漫过来，占领身体的每个部门，成为一种精神状态。

他不得不承认，月似的姿容的后边，暗影里隐藏着的志愿，是他没有看见，没有听见，也不能想象和了解的。

第一件婚事这样结束也有好处，夫人从此以不受时间摧蚀，也不被生活磨成平庸的美丽姿容，稳定而持续地存留在记忆的高层次。好在那时战争全面爆发，总裁再给以无法由别人承担的艰难任务，将军振作起精神，再一次投入了行动。

水晶灯大开，放射出灼烨的光华，照耀着锦簇的出猎图，地上一片凝血艳红，长安里的楼房摆下了盛宴。

总战部特别派来一个小组，帮助处理各种烦琐事务。玄关排出长桌，铺上猩红织锦桌布，洒金轴卷摊开来，毛笔蘸满墨，各位贵宾都要留下大名。

客人献上祝词和贺礼，热情地寒暄招呼，大家随意或站或坐，侍者轮番送过来各式饮料。久不见的朋友遇见了，新朋友介绍了。开怀的对话，爽朗的笑语，烟香袅绕，热气腾腾，喜气洋溢，灯盏间，张张面孔泛着油光和笑容，真是说不尽的欢乐和谐繁荣，这大江南北的党国精英一时又聚在一处了。

掌声在一边哗然响起，人人转过头，那是楼梯的方向，千呼万唤中，两位新人出现了。

新娘典雅秀丽，不愧为声乐艺术家。将军神貌奕奕，正是年届不惑的矍铄姿容，一身戎装笔挺，越发衬托出中年的稳健。是的，这将近四分之一世纪的差距，突显的并非岁数的长幼，而是精神上的更成熟。宾客发出叹息，啧啧赞美，英武和秀丽，阳刚和纤柔，军政与艺术，不作二人想的天作之合，大家都为之倾倒了。

其中熟知将军的老朋友们倒是暗暗都吃了一惊，看见第二位夫人，以为第一位夫人又回来了眼前。

两位都是这么的美好，还较量着谁更接近完美呢，然而第二位夫人影射第一位夫人，身躯内除了自己以外还有第一位夫人，因此也就内容更丰满，意义更多层了。

我们生活中的发生无非有两种。一种由于机缘和偶然，崭新地出现了；一种是曾经发生过的事物的重复或持续，其实是旧事，无所谓发生。我们依熟悉感生活，例如在婚姻、职业、人际关系的持续上。熟悉感不具创意和热情，然而在平庸平淡中倒也十分安然安全，人间许多所谓美好或幸福关系的本质莫不过如此；将军的再婚，似乎属于这后一种。

第二次婚姻，他小心得多，重获过去时光，将军对待夫人如同对待记忆一样的温柔而谨慎。第二位夫人的出现使他觉得和第一位夫人重会了，和好了，爱情再现了，中断了的计划有了后续的机会。他的心情焕然一新，拿出重新做人的决心，希望这一次可以顺利成功，有头有尾，就像吵架的夫妻总以为可以再开始，再来过，具有着既然还有爱，破坏了也无妨的乐观态度。

战争给于人的快感比不上爱情给于人的。谁说过，唯有爱情带来的幸福才是真正的幸福，从第一次失败，将军是切齿地感受到了这一点。

将军坐在一角，喜欢看夫人从这间屋子走到另一间屋子，喜欢看她的侧影映在墙上，壁上，玻璃窗上。喜欢看她手叠着手放在膝头，静静地靠着椅子侧坐着。只要看见夫人，将军一瞬间就能和过去取得联系。迟暮的年纪和心情，对待女儿一样地对待她，总觉得她太瘦，时常问她饿不饿，要任丰和黄妈照顾夫人的口味，出门时候总叮咛，老觉得她穿得不够暖和，要张司机随伺在侧，别迷路了，别太晚回来了。

将军怜爱的究竟是第一夫人，还是第二夫人？是要在第二位夫人身上弥补对第一位夫人的遗憾么？本来不爱说话的将军变得有点唠唠叨叨了。

传下三小姐备车的吩咐，三小姐要去重庆南路的布庄看看。喜欢自己做衣服的三小姐，手工比外边的裁缝还细致呢。

生活悠闲，将军要感谢总裁的特别照顾，政委职位可以由自己决定工作时间表，为重建山河提出明智的筹划，在家里思索也无妨。第二年，夫人生下女儿，为了记志安宁生活，将军给名怀宁。这时同父异母的哥哥怀远已经长大，隽美温和善良，和邻近教堂的一位西班牙神父学起大提琴。

婚后的将军越发爱惜自己的身体，生活规律如旧，这一点，就是在逆境时也不曾改动，现在清晨又添加了一项剑术锻炼。

天朦胧亮将军就起身了，先在自己的卧房梳理整洁，下楼来。

先扶着回廊的栏杆舒活舒活肢体，然后走下青石板的台阶，在沾着露珠的花木前的空地上，操舞起一把灼灼的宝剑。剑光凛冽，招数利落，身手矫健，飒然成风，看得厨房里的任丰和黄妈敬佩无比，对马家充满了信心。

将军上楼冲完了澡再下来，早餐已经摆在回廊上了。

任丰做点心有一手，翻毛馅饼烘得尤其好。

翻毛要做在用油却让人觉得不用油，咬在口里松松软软又滑润得了不得的结络上，这皮和馅全是食谱没法教会的功夫，端看手感、触觉、经验和天分。不知是经过了怎样不可思议的步骤，当任丰的水晶玫瑰加沙酥饼出炉时，那真是生活的幸福时刻呐。

一个个通体雪白，皮层轻得像羽绒，薄得似粉笺，从外到内没一层纠葛，战前老正兴的翻毛能做到十五六层，任丰的翻毛能一层层数到二十五六层，足足多上了十几层，而且是桌子动一下，人说话大声一点，就会自己颤颤起酥，簌簌的像雪花一样掉皮的。

而那玫瑰馅，可是用整粒的核桃，过滤得比绸子还滑溜的山楂和金枣泥，和在青梅水中浸过的新鲜玫瑰花瓣调制的，各样先得细细焙炒到没一点火气，分量搭配搅拌恰到匀净，再放进那么一小勺纯花蜜。酥松的皮层和柔润的馅子放入口，甜中淡淡提醒着酸，还没上齿就化了，一种清香软糯，甜腴芬芳，是只有吃过的人才能体味到糕点艺术的极致是什么的。这种北方点心平常只能农历六七月玫瑰花开时吃一季新鲜，可是托宝岛四季常春、玫瑰常开的福，却是想吃就有得吃，任丰每每有机会表现这门精妙的手艺，也总是欣然中充满了骄傲的。

任丰和黄妈都是恪尽职守的人，为了酥饼，一个是清晨谁都还没起床，就在天边月牙底下的玫瑰花丛间寻寻觅觅了；一个是麻雀还没叫，黄狗还在巷口的电线杆旁溜荡，就提着菜篮出门的。以后现代化有了冰箱，两人也不改变这作业习惯。

　　将军练剑，严守规格，兢业又抖擞。厨房中黄妈和任丰做活，也一步步仔细来，绝不马虎。我们可以说，双方在面对生活上，都具有着勤劳扎实认真的战后精神。

　　怀宁匆匆下楼，厨房里热气喧腾，洋溢着烘饼的香味。

　　"得吃早点的。"黄妈说。

　　"带一个在路上吃吧。"任丰说。

　　还没碰就酥了的东西，怎么个带法？

　　"那么好歹放个在口里，"任丰说，递过来一个，"回头会饿的。"

　　"一饿你上课就会打瞌睡，书就念不好。"黄妈对什么事都有不疑不改的意见，不过脚踏车的前轮不理她已经推出了后门的门槛了。

　　"等等，大小姐，"任丰赶上来，"饭盒别忘了！"

　　接过来布包，裹得紧紧的，不必和同学们的一起放入便当篮中给抬入厨房，就留放在书包里，到了十二点钟拿出来也还是热饭热菜，无须引颈等待着便当篮子再从蒸饭房抬回来，又得挤在人堆中寻找，更不会有找不到的莫大的焦虑。

星期天的早晨，怀宁倒是喜欢衣角兜着两个刚出炉的酥饼，坐去庭院芭蕉树旁的石阶上。

她喜欢用拇指和食指拈开一层层的饼皮，搁在舌尖，像吃糖片还是冰花似的，用口水来融化它。这么一片一片不慌不忙地吃尽了外皮以后，再张大了口，把那透明的蜜红色的软软润润的馅子整朵放进口里，也由它自己在舌上细细地融化了，在筛着阳光的宽敞的芭蕉叶影下，享受着溢口的芳甜，和礼拜天早上的悠悠时光。

不经意落下了一裙兜的皮屑，拿着裙角抖一抖，就让它像落花一样留在庭院的泥地上罢。

浓烩丰润人气洋溢的厨房，生活的基础，人间的乐土，世界的中心呐。

五点钟，将军从政务所回来，换上家居服，坐到回廊上。夫人在身边不远的另一张椅里也坐下来，仿佛是外出过的模样。

"去了哪？"将军拿起手中的酒杯。到了政治部以后，总叫张司机把车再驶回家，供夫人使用。

说是去上了声乐课，夫人侧过来身子。

将军伸出手，轻轻抚摸着对方的头额，一根发，绕在了自己的指头。收回手，发不经意地脱离了手指。

夕阳中，不再是发，是一根金丝，飘扬和飘扬和寻觅，栀子花引颈等待，绽开花瓣一层层，金丝落在了蕊心。

纤秀但利落，温和却坚决，相反相成的两种特质同时具备，落着的雨丝里将军对夫人的第一眼印象，始终是后来的共同生活中，以及存留在记忆里的对夫人的印象。前者莫不是因为身瘦，可是配搭着合宜的衣着打扮，夫人的瘦并不崎嶙，反让人觉得格外的婉约清秀。

今天夫人身上穿着的是一件淡色的夏衣。

已经是夏天了么？

啊，这是一种什么颜色呢？

说它是白不是白，是绿不是绿，栀子的托叶要蜕变成花蕾的颜色，正衬托出夫人几近透明的肤色。夫人的瘦，也不像别人那样的干涩，你看她姿势柔和地舒展在椅上的，不是人体，是一片晚空，一截流水，一朵云。她的脸，在黄昏的余光里，便透露出泉水似的明净清亮，和拒绝同流合污的倔强。

无论是举手投足或坐或站，尤其是在静止的时候，夫人周身便生出一种光晕，把她疏离出周围的噪杂庸碌，使她存在于不是过去，也不是现在或未来，而是无法定义的时光。

通过了以上这些光与影，怀宁接触和了解着母亲。每每同学们在中午吃便当的时间，爱谈说的母女间的趣事琐闻，亲昵的人子关系，或者日常碎细，于她是不存在的。她也曾羡慕向往过，寂寞过，然而当青春期的忧郁随年龄而过去，她反而感到她所持有的，不但不是欠缺，还是种赠礼。

别人的关系始终蹉跎在碌碌的家务事上、人世的平庸纷杂里，她的毕竟要超过了俗务，上升，而和光影同层次，和时间同进行。

是的，不是靠外在的活动，而是以内在的敏感，且依光阴为媒体，她和母亲、父亲，以及哥哥怀远接触，与他们建立了密切的关系。

就这样，通常在黄昏的回廊和栀子的晚香中，两人这天见第一次面。夫人会告诉将军白天去了哪儿，看了谁，做了些什么。如果买了些什么新东西，或穿戴在身上或拿玩在手里，总要将军也一起看看可合适欢喜。

容颜透露着青春的滋润和纯洁，夫人这么高兴，将军也高兴起来了。

年少时的热情都给了战争，踟躇了爱情，现在爱情就在身边，热情却已经消失，可是将军也并不遗憾或苦涩，反而在恬静和一种隐约的悲伤里领受着夫人的单纯和美丽，感受到了更深的幸福。

哥哥怀远依父亲的意思在大学念法律，念得很不带劲，大提琴却拉得越来越好了。

这是自己出生前后的时间，怀宁记得母亲如果不是和父亲坐在黄昏的廊上，就是留在楼上自己的房间里。

歌声从楼上传下来，原来女声乐家在练嗓音了。

细细的高音，婉转清丽，可惜音量稍不足，倒像是什么猫儿唱出来的。

自从与君相聚，两情欢愉，蜜意怜爱缠绵，不惧年华尽。只怕乌云无知遮月，但为悦君意，爱心呼唤频频。

天暗了，庭园失去光泽，藤椅里的背影昏昏晕晕。对话吁吁，新月升起。悠悠地从二楼传来大提琴的练习曲，婉转优美流利。

月光明净照耀，琴声和月光一同流入每个空间，整栋楼房晃漾在无法述说的柔情里。

因为这歌声和琴声，后来怀宁总能在各个关节上，原谅了母亲和哥哥。

晚光斜斜照进了庭园，流连在冬青和芭蕉上，拂落在青石台阶上、羊齿上，和栀子花上。

花心泛起黄颜色。是映入了黄昏呢，还是快要谢了呢？一种萎靡的、阑珊的、狎昵的，从心底里泛出来的慵慵懒懒的黄颜色。

将军手握着酒杯，不知怎么心里生出了一只手，顺着肠胃抓上来，掐住了腔道。

滞闷的感觉。或是下午吃了什么不合宜，他想。一会后，却又觉得不是肠胃，而是心胸一带滞重，胸口沉沉地阻塞着。

仰头，饮下余酒，用这口酒把它按捺下去。

是的，将军心里明白，不是肠胃，不是脏腑，也不是黄昏开始凉，该加件衣服了，是多少年以前封锁在心的底层，并且严密镇守着的悲哀和空虚，现在换作另一种形式，蠢蠢欲动了。

他警觉起来，站起身，叫唤黄妈，要她把屋里的灯都打开。

晚饭后张委员访，言语无趣，一时忘记了黄昏的事。第二天他照常坐在回廊。

庭园逐渐阴暗。

如同埋伏在夜里等待出击的敌人，那只手，又从体内蠕伸出来，摸索着肠胃的内壁，顺着管道匍匐前进，步步潜移，不一会就推进压迫到胸腔。行动得这样快捷，将军失防，一股怅然涌上来，落入了昏暗的陷阱。

从多种掩饰、阻挠、压制下，封藏的真相曝现。是的，经历百战的将军明白，你用种种行动来抗衡虚无，用行动接续行动来制约虚无，用成就来否定虚无，都是没有用的。

将军一阵恐惧，起身，把椅子往后推，在廊沿站了一会，走下台阶，在石径上踱蹀了一会，做了几次深呼吸，回到屋里，"任丰！任丰！"向厨房的方向他提高声音，"早点开饭！"

　　将军不敢轻易再一个人面对黄昏，他改变习惯，在这段日夜不接、心神衰弱、意志踟躇犹豫的时间，改拿一本书，坐在厅房的靠椅上阅读。

　　放在书柜里的线装书，从侧边黄进了页心，脆薄得一触就要碎的模样，翻阅时手得特别轻。他低声念着，想起多年前读这本书，还是在行旅中，欧阳文忠公的耿介气度处处透露在词句间，常能教给他做人的道理并且带来鼓励。

　　喁喁的读书声，一个字接着一个字，低低地从口中发出，如同呓语，将军停下来，突然感到厅室安静极了。

　　一点声音也没有，一个人也没有。

　　夫人和三小姐可能在楼上，怀远和怀宁也许还没从学校回来，任丰和张司机不知在里外的哪里。平日坐在回廊，背对着房子，把屋内的一切都抛在椅背后，从未留意到，原来楼房是这样的空洞和寂寞。

　　玄关的门谁忘了关，半开半掩，从这里斜望过去，远远那头郁暗的前庭地面逗留着一块不愿离去的光，水晶灯借光幽幽闪烁。自己坐在的角落，身边的台灯因夜来而变亮了。

将军收回精神，努力再念下去。

第二页，翻过去，昏昏地有了睡意。在矮垫上伸直了腿，拢了拢肩上的夹袄，一会后，毕竟是睡着了。

黑沉沉的水，看不见边岸，水里浮沉着无数的手臂，推挤着，撩抓着，密密麻麻地争先恐后，挣扎着，簇拥到脚前，他吓得往后退缩，惊醒过来，手心冒出了汗。

背后一阵窸窣，怀宁放学回家，从后门进来，蹑着手脚，从将军椅背后边轻轻上了楼。

玄关拖鞋排列整齐，瓷砖闪着光辉，今晚有牌局。

第一位到来的是民意代表汪仁德先生。以文人修养著称的汪公今天穿着中式长衫，愈发显得德高望重，又颇适合立秋的天气。

汪公和将军是乡谊，早早在沦陷前就买下了民意代表的职位，此后只要偶然到中山堂打个转，投下神圣的一票，一辈子什么事不干也照享优渥的生活。作为牌友汪公最令人心仪，他总能随请随到，要打几圈就打几圈，时间上比谁都悠游充裕。

"请坐一会，就来了。"三小姐说的是另两位牌友。

谢陈丽英女士，三小姐的高中同学，嫁入豪门以后今日俨然已是谢氏基金会会长，同时又主持政府某妇女协会，担负着文化推广及女性福利方面的工作，体态虽然稍嫌沉重，仍能穿着三寸高跟鞋不喘气不驼背，头发永远像刚从"红玫瑰"做出来似的，健劲的模样确实为今日女强人树立了先锋典范。不过谢陈女士声明自己仍是以夫君为先为重的，你看姓上不是冠着夫姓吗，称呼她若是忘了加夫姓她可是不依的。

任教名大学的吴慕贤教授，另一位牌友，则是当今思想文化界的权威，一本《中国哲学概论》提出政经建设和儒家思想的一体和互补性，极为当局所重，学术地位非等闲，不久就要应聘美国某著名大学，负起发扬儒学于世界的责任了。

才跨出车门，将军就听见屋里的哗笑声，若是平日，总叫他皱起眉头。不爱出门的妹妹，平日鲜有社交，打牌还是由他鼓励，牌友由他约请的，然而家中一有牌局总叫人忍不住懊恼。

奇怪的是，今天却有些不同，还在玄关脱鞋，从客厅传来的哗声竟使他一时感到了轻松。

"回来了回来了。"牌友聚会，平日见人有点腼腆的三小姐也会开朗起来。 众人纷纷热情相应，将军跟各位问了安，上楼换了便服再下来。

"近日写了条横幅，正好带在身边，要请您指点指点。"汪公从印着机关金字的黑色公事包里拿出一张纸，铺开在面前的茶几上。

"真是愈发精进了。"将军礼貌地恭维。

"这'衰'字用得好。"吴教授赞美。

原来纸上写着一行"秋高风衰，乡关千里远"。

"是的。"将军礼貌地接口。

"还是沉吟了好一会才定局的，蒙你赏赞，就送上补壁吧。"汪公大方地说。

"什么时候也给我来一幅？"吴教授笑着凑上来。

这会将军不寻常地加入了谈话，大家都感到很荣幸。

"今天陪我们打几圈吧。"谢陈女士说。将军竟答应了。

"呵，这可难得。"吴教授说，汪公应接上来，"可不是，好极了好极了。"大家一齐笑开了。

谁说过，无非是牺牲了私密而又诚实的自我，用伪善来替代，就是所谓社交友谊了。现在看着这一圈谈笑风生，前边的话是有了多么生动的例据呀。只是用在我们中国人身上，这话又说得不够贴切，原来华夏民族从来就不屑这叫作什么"自我"的无趣无用的东西的，我们可是里外都是真实地虚伪着，虚伪得诚恳极了，一点都不假呢。我们可没什么内心隐秘这档事，你没看见，在卧室客厅饭店车厢街道等等无所不在的地方，每每甚至只有两个人讲话，我们都是通情达理笑容可掬声震四方地说着，好像面对一群人宣讲一样，可没什么细语倾诉的兴致呢。

将军陪大家打了两圈牌，觉得情绪还算平稳，放了心，等吴教授胡了一副后站起来，把位子让给坐在身旁做梦家的三小姐。也是因为郑队长来了。

郑永成队长，曾为将军贴身侍从官，过去跟随身边出生入死，是将军的子弟心腹，在困境中总能给以最忠诚最有效的助援。

"我们廊上去坐吧。"将军说。

郑队长常住南部，北上时不忘过来看望老长官。虽然不常来官府，然而一来总是受到将军特别的款待。

"花开了吗?"将军问。

"花开了。"郑队长回答。

什么花开了？原来是后者经营的果园的花开了。

退役以后，郑队长和几位乡谊合资买下了一小片山地，试验大陆性水果在岛屿生长的可能。

"这阵子的天气真暖和，有希望吗？"将军问。

"只是雨来得太早太急。"郑队长说，"也热得太快，花苞未绽就落，开后不能及时传粉是个问题。"

郑队长个性果敢，做事谨慎敏捷，是人人皆知的。

"你看队长的鼻子长得怎样？"边剥着豌豆的任丰问怀宁。

的确，郑队长的脸骨比谁都挺拔，从颚眉下来，刀磋一般，没有一点停顿和纠结，各面倔立，鼻如旌旗，唇的线条不弯不曲，和前者形成一个倒丁字形，托着黝黑平紧的皮肤，一种严正的相貌充满了纪律感，非一般人能比拟。

"最后一战，靠大队长救了一命呢。"任丰压低声音说。

夕阳在廊前渐渐暗淡，藤椅里的背影昏恍了，然而果园的事还没说完。

"还记得春天的时候，临庄花开的景象？"

"可不是，满山坡一片胭脂红，好看。"

啊，是的，农历三月底的时候，那片桃林的花苞在一夜雨后突然全部都开了，初启不过是浅浅的水红色，给太阳越照越艳，终究绽放出的是一片胭脂红。花落后，结一种白皮的蜜桃，白中又透红，香味浓郁芬芳，剥开果皮，肉色如玉，清香扑鼻不用说，又桃汁充盈，欲滴而不落，一入口全化为蜜浆，这是曾被选为贡品的名种呢。

"我这半路改行，都得从头摸索起。"郑队长说。

队长谦虚了，谁不知道，郑家世代掌管马府的那一片果园，种植桃、李、杏、桔、柚、栗等，不下数十种。经营园地数百亩，供给了不但将军一家的食用，还有临庄一年四季的市场需要，将军家族财源很大一部分都是来自这果园的。

"杀人不眨眼呢。"任丰说。

"捉到了敌人，就地正法没二话，逃兵给抓回来，也一样当场枪毙。"黄妈把刀在砧板上剁得哆哆响。

怀宁一边吃着煎饼一边越发起敬，在这个特殊的年代，心中充满了凛然。

一阵风吹起了，落下几片叶子，飘在回廊的地板上，

一片卡在了缝里，随风唆唆地打旋。将军从椅里站起来，
"入夜了，进屋去吧。"

三小姐摸到一张牌，考虑着。

"你大小姐的出牌快慢我们可得打到半夜了。"谢陈女
士说。

"深思熟虑，深思熟虑。"汪公头顶的地中海闪闪聚焦
在日光灯底下。

"想必一定在做大牌呢。"吴教授说。

"打到几时都无妨，马将军家的点心可是闻名遐迩
的。"汪公说。

这话说得倒实在，当时的城市，美而廉、波丽路、明
星等，只会做不中不西的西点，普一、菊水轩、冠生园还
没上路，纯正的中式点心真还没人赶得上任丰呢。

三小姐突然僵直了背脊，手指紧紧捏着牌，红晕飞上
脸，原来郑队长进来房间，站在了自己身边。

郑队长也来圈吧，众人热络地招呼。三小姐觉得桌边
热了起来。"嗨，怎么还不打哪。"谢陈女士用闪着钻戒的
手指轻轻弹打三小姐的手背。

"你给三妹看看吧。"将军说。

"我是不懂牌的。"郑队长说。

三小姐的脸更红了，把手里捏着的一张畏缩地放到了桌中央。儒学大师翻倒牌，就等这张一条龙！三小姐从茶食碟上拈起一颗瓜子，咬在上下唇间，因为咬着瓜子而血流暂止的唇，照在低低的灯下，越发地青白了。除了几个牌友，三小姐的社交和爱情生活都近于零。

将军对麻将本无兴趣，自从恐惧黄昏的毛病出现，在日光还没有完全消失，夜还没有完全到来的时际，竟反常地期待起人声和脚步声、说话声，等待着牌局，若是开晚了，也会和三小姐一样的惶惶然。

十三张牌依次拿到眼前，筑成碉垒的形式和战斗的程式。摸一张，打一张，吃或碰，攻与守，逐牌争斗，沉着应战，背阵顽抗，增调反扑，全线猛攻，胜负决定，算计成果，稍事生息，然后推倒原有的防线，再次建筑工事，新的战役又开始。重复进行，周而复始，无终无止。

出牌的声音，推倒牌的声音，洗牌的声音，穿过没有人的厅房，顺着 S 形的楼梯，梯板发出陈年橡木的气味和轻微的呻吟，光线一级一级在脚下弱去，走上黑摸摸的二楼的过道，呻吟停止，停步在黝黯的门前。

推开门，扇扇绿色迎面，相思的叶子嗦嗦地拨撩着窗扉。

你把耳朵贴上这边屋里的墙，倾听。

石灰的墙壁贴着有点凉。

在另一只耳朵里，楼下的牌声变得遥远了，海水开始冲刷着滩地，河水拍打着岸堤，哗哗地涌过来又退回去。再细听，更像是人众在杀伐，搏斗在进行，一排士兵汹涌过来，枪声密集，冲锋和陷阵，弹药爆炸，肉体横飞，壕沟给掀开，防墙轰地坍倒了。

顺着 S 形的楼梯旋转着下楼。

穿过昏暗的正厅，经过昏暗的书房、厢房，从过道的这头出来，终究由回廊让进室外的光线，拉出随身的影子，斜长地移动在身边的墙上。

传来一阵炖鸡汤的香。

推开厨房的门，热腾腾的烟气迎面扑来脸上。

黄妈在水槽边洗菜，任丰弓背掀着锅盖用勺搅着，头埋在从锅里冒出来的白烟里。白烟往上翻卷，迷茫了你的视线。

生葱的香味，姜和蒜的香味，料酒、米醋、麻油、辣油、八角、花椒、茴香的香味，红枣、黄芪、白果、肉桂、丁香的香味，杏仁、金针、木耳、香菇、江瑶柱、九层塔的香味，无数计的白色的手臂从锅里冒出来，旋舞着上升。从窗外黄昏伸进来金色的手臂，亲热地拥接搂抱。

时紧时缓，时密时疏，缓和疏的时间，你看见哥哥怀远坐在那头的窗前。

法兰西式落地玻璃长窗上正盛放着米白色的栀子、桃红色艳红色和紫红色的杜鹃、火红色的合欢、湖绿色的棕榈、灰绿色的相思、碧绿的美人蕉、翠绿的羊齿、墨绿的葛藤，金色的夕阳一片镏镀，千百种颜色交融汇织，展开壁画的景势，香气令人迷醉，一碗鸡汤冒着热气，正放在他面前的桌子上。

侧身阅读的怀远，这时已长成为聪颖俊秀敏锐的青年，契诃夫小说里一样的人物。

"要去哪里？"麻将桌上将军问。

"去看场电影。"夫人说。

"什么电影？"将军问。

"《翠堤春晓》听说好看得很。"谢陈女士接口。

"什么电影院？谁陪你去？"将军问。

"吃了饭没有？"将军问。

"早点回来。"将军轻轻拍了拍夫人搁在牌桌一角的手，"就让老张在戏院外头等着你。"

黑色的轿车已经停在大门口了，两人一前一后坐进了车厢，由张司机关好门。

他们从巷子出来，开上罗斯福路，上个月才装好的两排镁光街灯还在测试阶段，淡淡的水红色灯光融化在黄昏的郁黄色的光线中，整条街都染成了桃红色。

车到西门町时远远就看见戏院门口的长队了，想不到看电影的人这么多。

如果张司机一时不在，夫人就会叫黄妈到巷口把老林的三轮车叫过来，关照电影散场时再让张司机去接。

他们看完电影回来，往往别人都还在牌桌上，依夫人的意思他们的晚饭或消夜就开在厨房，黄妈和任丰得走动洗刷间。

夫人和怀远的口味跟将军不太一样，后者喜欢简单的食物，可是味要够咸够辣够呛，诸如新鲜的小红辣椒，不去籽，整颗加蒜头爆炒，很快地起锅。或者生榨菜洗干净了，冷开水过一道，用手撕成小块——是的，不可用刀切，得手撕，再滴几滴纯麻油，其他菜式可以不备，这两样小菜不能少。

患有轻度气喘的怀远必须回避辛辣，坐去了饭桌的另一头，选择清淡的食物，爱吃的是煨鲫鱼。那时的鱼市场以海水鱼为多，淡水鲫鱼不常有，见到了鲜肥的，黄妈必定要买好几条回来。

没有油腻的煎炸手续，准备工作倒有点费事。你得先用整只老鸡熬好高汤，姜和蒜去皮，青葱洗净，芫荽取叶，嫩笋剥到心，以上佐料一律切丝，长短粗细都得整齐，金华火腿则削成肥瘦夹花的薄片。

鱼身先煸过，佐料一一分别浅油爆香，高汤滚开时余入鱼，按颜色在鱼身上齐铺半熟的佐料，留出芫荽和葱丝，扣紧盖锅改小火焖，不一时就香气扑鼻，令人垂涎了，这时揭盖放二青，起锅时快溜一勺黑醋。

夫人夹了鱼尾给怀远，鱼头给怀宁。今天是活鱼现宰，鱼肉质地的滑嫩润腴、味道的浓烩鲜美是不必说的了。

可是鲫鱼总是刺太多，虽然给母亲警惕着，已经来不及，细细一根卡在了喉里，乍时不觉得，一吞咽就隐隐地刺痛，越咽则越痛，怀宁僵直了脖子，脸通红。

"整团下去！"任丰弄来一勺白饭。

没用。弄了团更大的，"别嚼别嚼！"任丰说，"嚼开就不成了。"

仍旧无效。黄妈拿过来一小碗醋："就着我的手喝！"

一只手执碗在嘴前，另只手压制在颈后，不容周旋退缩。冲鼻的酸味。

饭桌上其他两位人士都停住了筷子，非常关切急救过程。

"怎么，正跟你说着刺多呢。"夫人细声责备女儿。

怀宁额头冒出汗，眼眶里开始泪水打转。

"别逼她，让她歇一会，再想别的办法吧。"哥哥说。

怀远倒是很会吃鱼的，每根刺都吐得出，连骨和翅也一截不折，整条鱼吃完，鱼架整整齐齐像图案一般陈列在青花瓷碟上。

一曲歌经过了门，经过了过道，进入房，袅绕着，进入了另一间房，穿过穿堂，来到回廊。

　　自从与君相聚，难得芳心倾露，欢曲融蜜诉，情梦成真，青春无虚度。

　　春天将去，树香隐约，你仔细地呼吸，就能察觉。

　　栀子的花苞结得早极了，萌出这么小小的一撮绿，隐匿藏在托叶里，你还以为不过就是叶芽呢。

　　雨停了，阳光变成流体，光影晃动，季节开始交替，羊齿萌发抽长，一一释放幽闭的部门，棉被变得湿润了，僵硬的肢体柔软了，液体开始流动，是在这时候，一个爱情故事开始了。

　　葱郁的庭园，绿光晃动如生满绿藻的海洋，羊齿抽长，披着金色细毛的柄和茎膨胀，到达夜空，哗然张开，屏列出羽状的深裂叶身，边沿反卷，叶茎浑圆。风细细穿行相思，丛叶摇曳，起伏推迎，乍现树心。在那里，一对爱人抱得紧紧的。

　　夜把人体漂洗得这么白，倒像是两块手绢被人遗忘在树顶，绻缠得不能离分。蕨叶的齿牙颤抖了。

　　不，不是人体，不是手绢，是两只白色的鸽子在流连，不是迷了路就是还不要回家。

潮湿的夜，床褥开始燥热，栀子的花瓣掀开，露出黄白色的蕊心。这么萎靡倦懒的颜色，吐出沉溺在肉体里的气味。

将军合上书，放回桌面，搓了搓脸，披上椅背的外衣，从回廊的这一头走下来。

园径曲折，青石板路一块接一块前引，将军任步，停在二楼的窗下。

灯还开着。

抬起头，迎接洒下如碎花如雪花如星光的灯光。白纱窗帘静悄悄垂着。没有一点动静、一点怀疑、一点阴谋。

暗香浮动，月光朦胧，在月光下做的事都应该被原谅，因为，它们是这样的敏感这样的纯洁这样的诚恳，这样不计后果地尝试超升。

夫人坐在廊上给怀远剪指甲。

"这么大的人了。"将军用绒条通着烟斗柄，不以为然。

"自己的指甲自己是剪不着的，不是么。"夫人说。

将军摇了摇头，烟斗放在口中，啵啵地试吸了一口。

夫人替怀远剪头发。

"为何不去理发店?"将军又发出疑问,吐出一口烟。脱离了烟斗,烟像白色的手指袅娜在庭院的金黄色的空间。

"理发店回来总是头皮痒的。"怀远说。

从这里望过去,廊那端正在剪头发的两个人实在像极了。啊,是的,我们不要忘记,怀远跟母亲第一夫人是很像的,而第二夫人又跟第一夫人是很像的。

外貌的相似为他们提供了保护色,一只褐色的蝉依附在皱结的树皮上,绿色的蜥蜴趴伏在绿叶上,形成隐身的同体;他们做事都在人面前,言行端正,一点暧昧都没有,更像母子姊弟,有什么要去怀疑的呢?

耳靠近墙,倾听,没有声音。壁虎唧唧,惋叹昨夜失去的半截尾巴。谁从楼梯上来,一级级往这边走来?木板开始唧吱呻吟。

脚步在房门前停住。门被推开。

"还不睡,已经一点钟了。"黄妈说。

"睡觉要紧,书明天看也一样的。"

"你要是再不睡,明早不叫你了。"

哼，明天有最可恨的数学考试。

黄妈摸索着下楼，地板又唧吱呻吟，然后，世界再归于宁静。

爱情本来就是需要禁忌来喂养的，不是么？越无法得到爱就越渴望爱，越受到压迫就越爱得炽烈。焦虑产生悬疑，悬疑产生神秘感，神秘感产生无比的魅力。肉体的接触固然被禁止，没什么要紧，也无须追求。真正爱着的人，一句话语，一个姿势，偶然的动作，一个眼神，坐在身边，隐约传来呼吸，迷醉的体温，衣角撮擦，肩与肩搓磨，手指尖碰到了，快感穿过身体，手和脚都热起来，心的悸动直达痉挛性的频率，感官和感觉体系同时酥麻瘫软。

寂寞沉闷的战后时期，热情被储藏和沉积，酝酿着，经过战争的人等待着另一场战争，不曾经过战争的人等待着一件欲死欲活的爱情。

多少世纪以来，人们不曾停止过对爱情的定义和咏歌，把它说成是，新月、晨曦、初春、清风、阳光、希望、泉水、甜歌、甜梦倩影、盛开的花、绿色的树林、野地的篝火、心灵的琼浆、瑰丽的园景、神秘的交谈、惊跳的心、心房里一阵可爱的铃声、神魂颠倒、肠胃翻腾。

可是别忘了，它也给说成是，寂寞的心房、冻僵了的手、畏缩忧郁的眼神、神经错乱、灵魂吃了鸩药、冬天、寒夜、窗上的冷雨、森林悄然、花园凋零、灰烬熄灭、童年失去、浪费时间、谎言、难题、泥泞、桎梏、地窖呢。

爱情要求相属互爱，无非出于自私，不求互属的爱情无法称以名目，给以内容，更偏执更不易叫人了解。世界上是否真有违背常理——别说伦常了——不要求报答、不具备欲望的爱情呢？有人说，人类不过大致分为两类，或善于斗争或善于爱情。善于斗争的无法处理爱情。善于爱情的无法从事争斗。谁要打算两者俱有而兼得，铁定会出事，世界上所有的傻瓜笨蛋输家败者烈士，莫非都是挣扎在两者之间的第三种人。

爱情的世界太复杂了，怎么说也说不清，我们还是回来将军的身世吧。

在党国体系的倾轧和总裁的严督之间攀升到将帅的位置，且能在大败后完身而退，安然于岛屿，将军自然是有着过人的智慧和不凡的才能的。关于人间的输赢成败诈倾出卖等，将军远谋深算，斗争经验丰富，现在随在两人身旁坐在廊的另一端，他的鹰眼里看见的，心中忖度着的是什么呢？一再向我们昭示的爱情的天堂和地狱，思路敏捷如将军者难道会不明白？然而对于夫人和怀远的活动从不见他示以警告，诉之于行动加之以阻止，反倒像在庇护和纵容似的？难道是将军终究明白了自己属于前述第一种人，无法处理爱情，于是派出怀远如精锐如尖兵，俊美聪颖如少年的自己，与爱情一战，或有攫胜的把握？

哎，我们又提用战争的意思了。残暴的战争把一切驱向零，怎能与爱情比拟呢？

将军一向头脑清楚思路敏捷意志坚决，行动刚毅沉稳果断，早就由总裁看出不可多得的良将品质，收在麾下左右手，交付了无法给予别人的艰难任务，总裁对他的宠信是无人能比的。然而自从来到岛屿以后，将军的举止和性情与以前大不相同起来，究竟什么缘故导致了将军的改变呢？是因为战役告歇，没有战场再发挥而心灰意冷了？是因为一生征战，屡屡受伤，现在年纪大了体能毕竟衰弱了？或是将军战场上看尽生死，识透虚妄，于是一切都不再计较了？还是，只不过是第一次婚姻的教训太惨痛，于是培养了第二次的谨慎和宽容？

究竟是怎样的过去经验造成了现在的情况，而使将军表现得如此暧昧含糊，令人不解呢？是否有不曾记录历史的真相、不为人知的内情、不能告诉的心事，移动了他的心志？我们都记得很清楚，他原是个能严守职责，担当不可能的任务，以意志决定命运，在关头上绝不软手，杀人不眨眼的强人哪。

我们推测和臆想，希望在将军身上找出一些端倪，我们进一步仔细观察，发现了——

哎，坐在廊上藤椅中的将军无视于周遭的发生，什么线索都不提供给我们，自己一个人，懵懂在心神的惝恍里，一个人，早就脱离了我们，沉陷去另一个世界了。

第二次婚姻重复第一次的结局，损失还更惨重，当第二位夫人出现时，那一种令人吃惊的与第一位夫人的神似貌合，明显地预兆了悲剧重复的可能，我们都在担心了，将军怎么却是一点警惕都没有的呢？

这可要从将军的五十大寿说起。

将军年届佳寿，同袍旧属们都觉得难得，要为将军好好地庆祝一下。将军本是辞谢的，然而人生达到所谓知天命的阶段也不容易，回想过去检讨现在，虽然不是件件事都理想，然而和其他人的遭遇相比，还算是可以的，给大伙们一再簇拥，也就同意了。

对于祝寿的事，没有人比任丰更兴奋的，一个多月前就为筵席的菜式而着急了。将军选下淮菜最著名的沁春园，其余事务则要任丰全权管理。任丰和沁春园的大厨张师傅拟定了一个选单，每天朝思暮想完美的搭配，连梦里也在斟酌，又亲自到饭店的厨房去勘察了好几回，细节总是不放心。

"香菇木耳得整朵，淡菜厚比拇指，莲藕没锈疵，立秋的新发笋。"

"你老大放心，我们用的可都是原产上品，当季的鲜货。"张师傅开始烦。

"还有呢，"任丰说，"肴肉用前腿，狮子头三肥七瘦，干丝粗细不过厘，高汤得用老母鸡文火炖二点钟。"

筵席前两天，张师傅说再给意见就不好办事了，不愿再迁就，任丰才叹了口气，回来自家的厨房，坐在小板凳上跟黄妈谤骂沁春园。

一九六〇年某月某日，将军不会忘记的一个日子，任丰和黄妈透早就起来了，大家各就各位加紧准备。老伙伴们说是要来帮忙的，任丰兴奋地盼着，果然清早就陆续来人了。多是沦陷后第一次再见面，算算劫后余生，在岛屿各自为生存而奋斗，再见面的热烈以后，不免也令人唏嘘呢。然而重逢毕竟是人生乐事，又遇到难得的好日子，何况今天忙得很，里外都有工作，大伙收拾起心情，卷起袖头，一同再携手干活吧。

车辆和人潮川流不息，喜气再一次来到长安里。前庭设下接待处，负责签名和收礼。凡是花篮花圈等一律靠前庭过道两边和玄关的两壁摆放，凡是金额一律收齐后将捐送慈善机构。

水晶灯大开，各处明灯点上，大厅照耀得晶莹剔透，出猎图再一次发出凝血的眸光。

"总统府"送来总裁亲署"嘉乐延年"的寿匾，三军总司令届海陆空各司令派出专员送来贺仪。各院部会首长各地各界祝颂寿屏寿幛密密都悬挂上墙。金鼎银盾、玉石器玩、祝寿图、邮票集锦、蝶翼贴图、画像、名家山水，各种喜颂善祷等都满铺在长桌。

来客们中，穿军装的多是现职人员，穿西装的多是政府官员，穿便服的则是去了职的过去同僚或部下。将军自己穿着一件新定做的铁灰色哔叽呢中山装，还是三小姐带了怀宁去衡阳路的鸿祥布庄为他特别选购的料子呢。

"哪有岁数的样子，了不起！"孙司令笑着说。

"体貌健硕，神采奕奕！"程将军笑着说。

"保养得好，保养得好。"赵参谋凑上前来。

"瞧您这气色，年轻小伙子都比不上！"王委员接过说。

"老骥伏枥，是志在千里吧？"钱团长说完哈哈大笑，周围人听着也都笑将起来。

大门口一阵骚动，有人进来报告，桂总司令来了。

桂正泉总司令曾与马至尧将军同属淮南战区，曾经彼此照顾一齐度过许多险难时光，凭着他高超的军政能力，迁移岛屿后今日仍据高职，现在走进大厅，修整的戎装和胸前的辉煌勋章托出他的威武仪容，众人不觉都自动地让开。

这边马将军急步迎上前来。

"兄弟高寿了。"桂将军伸出手。

"你还是老样子。"将军打量几年没见面的老战友。

"哪的话，怎能不老。"桂将军热情地拍着将军的肩。

"不老，"将军也手拥对方，"一点不老！"两位袍泽彼此环抱，朗朗地齐声笑起来。

"想不到这承平时间过得比打仗还快，一晃眼就是好几年。"桂将军说。

"抗战打日本鬼子也不过八年呢。"将军说。

请老战友在正厅坐好，将军亲自斟上白兰地。

"任内一切都好吧?"将军问。

"复建工作，人事复杂，比打仗还难。"桂将军叹口气。

说话间，桂将军身边已经簇拥来自动引介的人众了，以后两人拾起话头仍时时被打断。这也难怪，平日谁能这么轻易地见到桂总司令的。将军放弃了与老友一抒旧怀的可能。

筵席开始了，将军请桂将军上座，大家随着纷纷入席。

先一巡酒，恭祝寿星公长命百岁寿比南山，再互祝健康快乐进步成功。然后上菜。

多么丰盛的宴席呀，让我们随意来记述几道菜式吧——冷盘有遍地锦、水晶肴蹄等，热炒有碧螺鲜虾、双味蝤蛑、龙凤朝祥等，烩品有八仙进寿、金昙银钩、百花盅、剔骨香妃鸭等，素碟有什笙百合、清水芙蓉、翡翠如意、白玉藏珍等，最后一道五色彩熘全鱼，和鲜爽无比的万蝶扑泉大汤，为馔席带来了完美的总结。

一盘盘一盅盅一碟碟，悦目的颜色，浓烩的香气，摆满了桌子不留空隙，尝到口里，哎，那滋味可真要叫人忍不住地连声赞好。

酒过三巡，面红耳热，礼数已过，气氛越发畅快了。

"还记得打仗的日子么？"一位放下酒杯说。

"怎么不记得。"一位应答。

"怎么会忘记。"另一位接口。

"还记得千叠岭那一战？"

"有谁不记得。"一位说。

"有谁能忘记？"另一位说。

"那一战打得可真壮烈。"

"可不是，打得可真英雄哪。"一位接口。

"那时节，长江一带各处进行着大战，对战两方的命运就要决定。"

"南段的攻势上，千叠正是重点。"

"被编入剿军第二十五军的我们，奉令镇守在山巅，执行的可是阻遏对手南下的重任。"

"子弟兵们从小跟着将军长大，个个都是年轻又剽悍的战士，在将军的率领下，打过不知多少次硬仗呢。"

"伙伴们都明白任务的重要，如今布阵在碉堡战壕里，担负着保家卫国的责任，越发精神抖擞志气高昂。"

"对手紧贴火线那边，总战区的命令是，以守为重，对方若不发动进攻，我们不主动攻击，目的是要牵制对手，保卫南方。"

"记得拂晓时分，对手两路重兵围进，直指千叠，攻势逼近山麓，野炮已经射到坡上。"

"弟兄们据守岗位，磨枪擦掌，严阵以待。"

"对方炮火漫天漫地，日夜不停，烟硝尘土腾空。"

"真是不见天日，一片火海，遍地都成焦土。"

"连东西方位都给轰得不见了。"

"火网密集，弹榴炮，高射炮，重机枪，都用上了。"

"我们做出就是牺牲也得完成任务的准备。"

"弟兄们据点严守，竭力延长对峙时间。"

"我们依靠三面依山、一面临水的地势力抗，对手像蝗虫一样密麻攻来，情势危急。"

"这时将军体恤子弟兵，急电总剿部要求准许撤退部分员兵，转移水南，好让团军留点种子。"

"吃紧消息传来，"属于桂将军系统的一位说，"长官立刻不作二想，即时挑选精英，组成骑队，亲自率领，星夜赶程，翻山南下，黎明时赶到。"

"我们听到援军来了，大为振作，"马将军这边的人说，"长官立刻召集敢死队，实行逆袭，冲进对方阵地，人自为战，奋力突围。"

"我们这边在对手背后排开侧攻阵势，救援助阵。"桂将军这边的人说。

"子弹用完了就用大刀、用刺刀，一刀刀砍过去刺过去。"

"对手没有料到这最后五分钟的奋战，左右被截成两段，不得相顾，情势大变。"

"要不是兄弟军密切协同，救援及时赶来，后果不堪设想。"一位说。

"我们以少胜多，同心合力，终于取得了胜利！"

　　马将军体系和桂将军体系下的客人交叹战场上的风云骤变，相濡以沫，同时举起杯。

　　"那一战打得是惊天动地山河变色。"

　　"那一战打得是精彩辉煌照耀古今。"

　　"那一战真是决定性的一战。"

　　"那一战真是取得了重大成果的一战。"

　　"那一战真是难忘的一战。"

　　大伙一同回记，互相辅助，增减修动，追究细节，重建故事，旧日时光以比它原来更强的声势、更紧凑的情节、更鲜明的景观重现。众人惊喜叹息感伤，有时低头沉思，有时开怀畅笑，在各种激动里重历过去，于是一次又一次举杯，互助生命情怀，主客都尽欢了。

　　还得赶回南部去，桂将军起身告辞，马将军一路相送，来到前庭终于可以说几句知己话。

　　"兄弟修身养性固然能避事，蛰伏太久也容易消人志气，还是走动走动的好。"桂将军一边戴上手套一边说。

　　"三十年戎马，走动得也够了。"将军说。

　　"什么时候下来，到南部看看，南方人情朴实，气氛多少不一样。"

"听说南部反倒没这里潮湿呢。"

"暖和得很，对我这种北地人来说，真是一种奢侈。你下来，在我那里住段时间。"桂将军发出邀请。

"带着夫人一起过来。凤凰木开花的时候，一片火红色，煞是好看呢。"

两人紧紧再握手，相互祝福并约再见面。将军亲自为老战友打开轿车的后门。

红色的尾灯闪出巷子，一盏路灯静静地照下来，半程被月光截住，灯光融化了。

月光皎洁，屋舍和巷面如水如银，屋瓦闪着青瓷的光泽。

桂将军的出现，掀开了记忆，一些曾有的事情和感思，经过了时间，如同置放在灯光的那一头，临近又遥远，清楚又模糊，甜蜜又哀伤。

笑声哗响在身后，隔着距离听来像阵阵的风声，水声，江水击打着崖岸，冲锋陷阵在呐喊，杀戮在呼啸。

战争已经过去了，喧声随战争一同消失，承平时代，馄饨的木梆替代了号声，在邻巷敲着，两重一轻，把时间分隔成寂寞的段落。面对巷子，如同面对着另一个世界，一个隐秘的国度，比巷子更恍惚更昏暗。

狭长又郁暗的甬道，声音呼唤着，从无底的沼地传过来，一位中了埋伏的战友，一位受到极刑的袍泽，一位离失的爱人，向他诉说着与他有关的遭遇。

一时将军忘记自己身在何处，一阵惊惶从心底蠢蠢涌上，他突然犹豫——是留在界槛的这边，还是回应那唤声，跨过界槛，跨进他们那里去，由他们带走呢？

耳边传来呼叫，他回转身，原来是侍卫在背后提醒。

首长宾客们都走了，留下的都是过去的老部下老同事，便不拘俗节，开怀畅饮起来，任丰和张司机也被邀上桌。"大家都多喝几杯吧。"将军说。

"今天这酒席办得真不简单。"一位伙伴替任丰斟满了酒，"太丰盛了。自从来了此地，还没吃过这么好的。"

"这辈子都没吃过这么好的呢。"一位说。

"这些年，亏得有任丰照料。"将军说。

一下子任丰的脸涨得通红。老长官这可是在大伙面前亲自说了谢谢的话，真要叫人当场罩不住了。任丰站起来，向将军敬杯，一仰头，咕嘟一声尽了酒，大伙都叫好。

杯盘逐渐狼藉，话语开始豪放。

"总爷，"一位也立正举酒，"您一路照顾我们无人能比，一定要赏杯酒。"

"如果不是总爷带我们过来，一路提扶，现在我们哪能安身在此。"另一位说。

突然一位年纪较大的唰的也站了起来，猛行军礼，大声说："请总爷带我们回家！"

是的是的，大家连声响应，顿时场面更热烈了。

"我也等着这一天呢。"将军说。

席间停了喧闹，等待将军说下去。将军从座位起身，拿起酒杯："让我们为这天——"

喉头竟有点哽咽起来——"让我们为这天——"他重新来过，"为这天，敬礼。"他把酒杯举到齐目的地方，靠仰头饮酒的动作，掩饰了自己的失态。

微醺，半躺在书房的长椅上，从门缝传来大厅那边部下们的笑谈声，如同安眠的吟哼，竟睡着了。

一座树林，高高地耸入天空。月光和星光。瞄准。每枪都中的，梭梭地打断了打落了枝叶，打中了野兽。可是又都再站起来，重新长回来，又都复活了。

晶亮的眼睛，活泼的姿态，没有脸面的野兽，不知名的种类，一个个跟随在身旁身后，形成大王的队伍，神气又热闹。

任丰说："好，从现在起，看谁还能再喝，看谁还能支撑。"说着自己又斟满了酒。

"您老日日有美色相伴，自然不同凡响。"一位开始言语有味。美色是谁，难道是黄妈吗？

"手艺这么巧，原来手上有滑腻的摸。"大家都哗笑起来。

任丰涨红了脸："天地良心，我任丰这辈子没做过亏心事，没占过人便宜！"

"不过说说而已，又没叫你坦白。"大家越发不放。

"你们算老几，我任丰追随长官的时候，你们还不知在哪里吃奶呢。"

"是的是的，您大哥资格老功业高，一点也不含糊，来，再敬你一杯。"

任丰欣然接受敬酒，高兴地又尽了底。

"倒是准备了一道点心给你们助兴。"任丰站起来，进去厨房。

　　这是任丰对沁春园的示威，也是对弟兄伙伴们的情意。蒸笼热腾腾地双手端上来，揭开笼盖——任丰做了道什么点心呢？

　　啊，雪白的丸子像宝宝一样一律排列在荷叶上，每个周身丰圆剔透，面上撒着金黄色的桂花，正中点着一滴红印，太漂亮了，真叫人舍不得吃呢。才咬下第一口，大家又止不住接声赞，原来馅里放了一粒从净板油炼出来的猪油丁，蒸时遇热融到馅料里，香腴不用说了，那种入口即化的滋味和口感简直美得让人心软！那时代，上好的南货都在城西边，其实用普通红豆做成豆沙替代也无妨的，可是为了这正宗枣泥馅，早早几天以前任丰就挤了零南路，又换了几趟车，去了远远的城那头的迪化街。粗人的手，竟能做出这等精致得连豪华饭馆也做不出的风味，确实证明了任丰粗中有细的个性呢！

　　良日盛宴，欢乐的情境难以完全描述，碟盘交响，酒爵相触发出悦耳的共鸣。大伙的心情都很接近，许多意思都表达在笑谑中。人生倏忽，总要尽情享受这一刻，过去和未来都放去一边吧。

　　吃着吃着，气氛竟有点伤感起来。唉，一位叹了口气：

"记得枣泥酥饼，是东大街的悦来居做得最到家的。"

"记得那店老板娘，白净白净的，一双凤眼可不老实。"

"你可是自己不老实——"大家又都乐了起来。

"那阵子学兵队操练完没事，都挤到对门的大树下坐去，假装擦枪歇脚抽烟，就想多留一会，给那双凤眼瞧瞧。"

"那是战役还没开打的日子。"

"那时都不过二十一二岁。"

"还不到二十岁，不过十来岁。"

"睡硬板子床，吃糙米饭，唱无敌将军歌。"

"那段日子可真是又新鲜又结实。"

"那段日子可真是无忧无虑。"

"那段日子，还记得跟长官打猎么？"

"怎么不记得。"

"怎么会忘的？"

"春阳晴雪，牛角号声，狗叫声，人声，坡野丛林一片翻腾。"

"还记得打金丝猿？"

"怎会不记得。"

"怎会忘记的。"

"金丝猿，真有这种东西？"显然没跟上猎队的一位说。

"嗨，你可真没见过世面哪。"老经验的说。

"金丝猿，"一位说，"人间的至宝，一身金光闪闪，像是披着一件金大氅。"

"从头披到腰，威威严严，王公一样。"另一位同意。

"有这等好看的？"没见识的人有点怀疑。

"还用说，剥下来能卖好几块大洋呢。"

"喜欢在高树攀跳，轻巧如飞。"

"能预知气候，报雷雨。"

"还会唱歌，人唱一样，悠亮悠亮的。"

"比人唱还好听。一声含九音，人哪能比得上？"

"嘴角还会笑，也跟人一样。"

"聚守成性，长幼有序，往来几百只的队伍都不离散的。"

"领头的猴王见到情况，就会高声呼啸通告大伙，一齐行动，不让落单。"

"朝猴队的中间放枪。"

"朝中间？为什么？"没狩猎过的又问。

"前后警卫都是体壮机灵的猴子，那老弱的幼小的走不动的，都放在中间卫护着。"

"可不是，你就尽往队伍的中间打。"老经验的同意。

"给打中了，别的都会聚拢过来拥簇过来，都不走了。"

"拼了命也不自己逃的。"

"这时候，树林阵阵抖擞，树叶嗖嗖下落，一林子都翻腾起来，这里那里都是号叫。"

"为了把敌人吓走，要救给打中了的、落了队的。"

"这时候，树顶林梢突然闪出点点金光。"

"可不是，原来众猴聚集，要来救援了。"

"树顶突然飞出簌簌金光，煞是好看。"

"聚汇在一处，飞跃成一片，可真是奇象。"

"汇集成整片整片的光，梦里一样。"

"要是你能打下一只，逮住了，拿到眼前，可又有件稀奇事。"

"什么稀奇事？"错失机会的又问。

"嗨，"老经验的拍了一下腿，"那还用说，猴脸呗！蓝色的。"

"蓝色的脸？"

"是的，蓝颜色的脸。"

群兽追随在身后，簇拥在身边，热热闹闹的，将军在梦里心里一阵安慰，睡得更沉了。

队伍加长，夜变得深沉，森林继续蔓延摇晃，看不见了前路，那焦灼又隐约蠕动，待机欲发，果然一张脸从天而降，迎面扑来，就在眼前，蓝色的脸，将军吓了一跳，醒过来。

书桌上的灯还开着，一点声音也没有。客人也许都走了，家人都睡了。

一只蛾子在灯下飞舞，扇动着翅膀，窃窃嗟嗟的。将军把自己从沙发里拉坐起来，感到一阵昏眩。酒喝多了点，他想。

大厅仍旧雪亮，不见一个人，若是都走了，为什么不关灯呢？也许是特地留给自己照明的吧。平日夜读后或就留在书房里睡，从不曾注意这些枝节，现在静默的空间奇异得很，好像置身在一座没有边际的，通明又透彻的虚空里。

　　一个将要进行审判的殿堂，没有判官，照明就是无形的判官。雪亮的空间无法隐瞒，身体的每一种形状、结构，和姿势，每一种组织和细节，每一个念头，每一件行动，从躯体的表层到内里，从物质到精神，从意识到潜意识，都给照得无法掩藏，炯炯见底，坦白地现出了真相。

　　钟锤摇摆，秒针铮然移动，以坚持、冷峻、不可妥协的节奏。又高又长的窗帘垂挂下来，阻挡了脱逃的机会，掩遮了正在进行的私审和私刑。

　　将军一阵惶惧，午夜是不能醒来的，这心智最虚弱的时刻。他摸索着上楼。

　　怀远的房门口透出了一线光。

　　还没睡么？平常总直走过去，不去扰他，现在站在房门口，突然有进去一看的欲望。

　　抬起手，轻轻地敲了两下门。

　　没有人应。门却随手开了。

　　台灯亮着，床是空的。家里请客人多，不爱热闹的怀远想必又是避开了。

桌上摆着一张纸，写着两三行句子，他拿起来。

把夜晚看成是白天的归宿，把黎明看成是再生。

你已为我准备好行程，使我能轻装远行，身怀爱慕心，不畏惧过去和未来，过不羁的生活。

奇怪的句子，是抄录谁的，还是自己写的？

他把纸放回桌面，留在原来的样子，拉开前边的抽屉。

空空的抽屉，只放着一张照片。

拿着凑近桌灯。眼镜忘在了楼下，他眯起眼睛——

穿着预备军官制服的半身照，和少年的自己像极了。青春过去得多么的快速和不觉察。

突然，他觉得和怀远从来没有这样的亲近过。

几个小时以后，他才明白，平日躲着不爱说话的怀远，是以这张照片、这页文字，和他告别呢。

很多年以后，当将军再回来这一时间，他才明白，怀远对父亲的他的身世的认识，和从这认识得到了启示和警惕，从而对父亲充满了感激的心情，原来是借着这几行文字诉说了一切的。

这样的领悟在以后的日子，毕竟使他原谅了怀远和他自己。

夫人的床也是空的，她还在楼下么？晚宴的时候夫人周旋在宾客们的酒幌间，他看见她脸上飞闪着红晕和笑容。

什么时候夫人离开了宴席？什么时候眼前不见了她？

或者和怀远一同去看电影了吧——他一阵惊，竟是自然地把两人想在一处了。

钟锤继续以冷峻的金属移动声推进，指在黎明的时间；在书房被梦魇缠扰时，事情正在发生。

后来他回想这截时间，最清晰的记忆便是磨蹭在黎明的前和后。

他记得他把张司机叫醒，坐进黑色的轿车，往黑夜里驶去。他要张司机开去夫人常去的电影院，按着平日载她的里程。

黑暗的街，黑暗的城市。没有人，没有边缘和无法界范的黑暗，黑暗凝结在他的心里，一层层地压迫着，全身沉淀成黑暗，成为黑暗王国的核心。

他多么希望当他在楼梯口往下看钟的时候，针能指在十二点，或一点，电影散场的时间。他所看到的时间接近黎明；他的心骤然发冷，往下沉，一瞬时他就明白发生了什么事，感到了绝望。

是的，结局不明，透露着转机，会引发焦灼的期待。结局明显地昭示了，反而会令人安静下来。唯一比这安静更寂寥、更强韧的，是被过人的意志压制在心的底层的悲哀，现在脱身，蠕动，侵漫，如黑色的烟与影，如不见边沿的沼泽和树林，笼罩过来，裹胁上来，把你灭顶在后座的彻底的黑暗里。

才摆脱一个梦魇，又陷入一个梦魇，蜷伏在车座里，再一次蜷伏进泥泞，你是这样的疲倦，就再一次放弃一切地睡过去吧。

是的，就像前一次，再睡过去吧，裹进被褥一样的黑暗里，让一切消失，进入梦，让梦归属于梦，对自己说，不过又是另一个梦，不过睡在自己的床上，都是梦里发生的情节，不曾真正发生过，无须忧愁悔恨补救的。

就这么又睡过去，把这一切都闷头蒙脸地睡过去，不要再醒来。

电线挂在车窗玻璃上，缠成网，网你在洞穴里和陷阱里。路灯乍暗乍明，明的时候，那种青光居高临下，越发给予陷阱深底的冷悚。

车开过一程又一程，罗网摇晃阻遏，危机四伏，阴谋酝酿，伺机而动。

路这么长，似乎永远也开不完，走不完，达不到目的地。但是，达到了又怎样，也不过是一场徒然，不过和战争一样，爱情也是可以把人驱向零变成零的。

可是你必须坚持，不走一次，事情就只做了一半，任务就没有完成。

严酷地下定决心，不更改，不悔悟，命令轿车继续前进。

你必须走一次这条路程，唯有这样，你才能揣摩他们的心情、思想、意愿、精神状态，以及身体的组织构造和反应，而不被他们摒弃在他们的世界外。

如同一支载负着不归目标的勇敢队伍，你必须走一次这路程，才能使自己变成计划的共谋，故事的一部分，同场演出的一个角色，取得荒谬的关联和慰藉。

漫长的车行，和夜较劲，比赛耐力，寂兀的一程又一程，四轮坚持滚动在沥青的路面。

然后在一片天蓝色的背景前，出现了那座红颜色的戏院。

是在这一刻，他恍然了悟，怀远和夫人属黎明，是他的乐观来源，他的慰藉和救赎，他的幸福条件，而成全了他们，就是成全他自己。

将军上了阁楼，把自己反锁在内，谁都劝不了，谁都不准进去，埋入狰狞的兽头兽骨兽皮间，由肉体腐烂的气味裹卷，用痛苦来对付痛苦。

追根究底，将军是不应该做寿的。人说年纪越大越要谦虚谨守，避免喧哗嚣张，将军忘记了这条生活戒律，大张寿局，这不就出事了吗？

哥哥和母亲去了哪里，这是怀宁一生的问号，她常常设想他们的旅程。使他们如此不顾地舍弃一切，必定是前去了什么好地方，在那里，他们可以逃脱世俗的禁忌、压迫、成见、陈规陋习，回避不得已的课业和职责，做他们要做的一种人，过一种与众不同的生活。

这样的地方在哪儿呢？人口繁多嚣噪的城市和科技至上商业发达的国家自然是不可能的，必是要去了什么偏远的、奇异的，什么美好的地方，没有暴乱、欺凌、虚诈、出卖、荒唐的人间关系、横行的陋俗、狭弊的成见，还得天高气爽，没有空气污染——怀远是有气喘病的。

上课时怀宁常常想到这问题，尤其是在地理课上，不免看去了长白山、黑龙江、内外蒙古、西伯利亚、青藏高原、喜马拉雅山、尼泊尔、不丹、印度。是的，不遵守世俗规令的奇境异乡，马怀宁越想越没错。

一组地名脱颖而出，变成显目的字形，铿锵的音节，明丽的景致，启亮了她的心智，成为她的指标，为她画出他乡的路向。

失去了才能获得。第一夫人失去，成为将军的永恒的妻子。母亲和哥哥失去，怀宁从愤怒而怨恨而悲哀，而思臆，而后在成人的过程中，看见他们逐渐成为两点光，在一个高度上，如同传说中的引路的星斗，照耀着。

是的，总是在一片光中他们出现，形成她的组成元素，为少年的她提供遐想和沉思，为现在和未来的她立下生活的精神基础。

怀宁逐渐长大，各方面都没有步入哥哥的覆辙，原因很简单，不是她和后者同父异母，身心组织不同，只不过因为她是一个女孩子而已。

首先，没有人理会她，要她像马怀远一样得理工法医、忧国忧民、成家立业、出人头地、光宗耀祖。其次，她从小就在厨房和下人厮混，只要闻到食物的香味，厨房的人气和暖气，就能对生活生出乐观。这样的倾向不但帮助她度过了寂寞的童年，并且在逐渐前来的生活中，常常使她化险为夷，转危为安。

"怀宁，你要是个男孩子就好了。"将军总这么对女儿说。

真是武人思想，光会打仗，不知天下女子们，担负更烦琐的责任，容纳更多的辛苦，承受更重的压迫和剥削，才是领受到更大的福气，享有更多幸福的人们呢。

身为战士，将军是经受过独守黑夜的训练和考验的。战争使他不得不屡屡长夜支撑，并且教导他以绝望面对绝望，从绝望中生出活路。阁楼的门打开，将军走出，仍是完好，大家松了口气。

将军发现了女儿的存在，怀宁则觉得去了位父亲来了位祖父，原来自闭时间将军从壮年骤变成老年，他的头发一夕间全白了。

医生嘱咐，早餐的酥饼换为全麦面包，下午的葡萄酒换为绿茶，烟斗全戒。

将军仍旧喜欢在回廊长坐，有时把怀宁叫过来，若是周末或者第二天没有考试，就要她陪他坐一会。精神好的时候，将军会有一句没一句地说着，思路浮移，想到哪就讲到哪。

黄昏闲谈，散漫的点滴连成片段，接续成记事，一件事带领出另一件事，情节引发出情节，环生出应答的细节，呈现了连贯意识、起承转合、因果关系。

以为忘了的许多都记了回来，汩汩漫漫涌出如细流的水泉。

将军有一些惊，无论是高兴的还是不高兴的，欢喜的还是讨厌的，惊奇的还是平淡的，一旦置于叙述的距离，那一瞬间，突然都像肥皂泡泡吹离开自己的口，变成眼前景象纷繁，又像一个人从自己肉身析离出来，脱窍一般站在眼前，成为了一个面对面的自己。

各种事物进行着，不知觉中，三小姐越发隐蔽了，以前还有哥哥照顾，现在将军只管自己，楼房里三小姐一个人，一间屋子一间屋子独自进出，无声无息。

　　"姑姑，我得买块布料呢。"怀宁向三小姐求助，家事课得交出一条裙子的剪样。

　　她们坐进后座，由张司机关好了车门，向西门町驰去。颠簸过平交道。

　　那是一条多么美丽的街道呀，一栋接一栋楼房紧密耸立在街的两边，骑楼前挂着横横竖竖的彩色招牌，镶打着红红绿绿的霓虹灯。那时没有大马路不准停车的规定，张司机就把车停在布庄前边的街边等她们。

　　走进敞开的店门，啊，又是另一种眼花缭乱的景象。墙架上柜台上，红的绿的蓝的黄的，小花的碎花的大花的，布的棉的丝的绸的缎的，顾客们进出观赏流连，店员们来去忙碌照应，笑着讲着，讨价还价，热闹极了。

　　他们一家一家地逛，轻松又欢喜，万千种颜色花案里外飘扬，比朝阳晚霞还艳丽。

　　每当这缤纷景象出现在悄然的记忆中，怀宁就会想起可怜的姑姑来。

　　不知从什么时候起，三小姐爱上了化妆。文静内向的她，平日干干净净的，我们并不见她脸上有什么妆呀，怎么说呢？原来这件事是进行在深夜里呢。

　　是这样的，人都熟睡了的以后，三小姐从床上起来，走到梳妆台前，坐下在晶莹的半月镜前，就会开始一个夜晚的聚精会神的活动。从第一步的净脸和打底开始，到最后轻轻扑上一整脸的粉，总要前前后后地顾盼，欣赏好一阵子，直到粉蓝花的窗帘现出了树影，巷底传来垃圾车的少女的祈祷，才又坐回梳妆台前，一层一层像倒放电影一样再抹去，恢复原来的面容。

　　各种时代，男子的热情不是给了战争就是给了政治，忙着打杀争夺倾轧暗算，耗费了全数的精力，你便见到许多敏感、想象、细腻精致，都落了空。

　　三小姐开始不停地做衣服。她又不出去，做这么多衣服是为了什么呢。在楼下，以及在楼房的每一个角落，你都可以听见车衣机的声音不停止，轧轧地响着，好像齿轮总在你耳边铰磨。

　　"如果当年婚事顺利，成了家——"任丰说。

　　"自己要解约的，怪谁呢。"黄妈说。

　　"就一个兄长依靠。"任丰说。

　　牌局停了，楼房无声，除了齿链永远在轧轧地铰磨。

　　这位兄长倒是真能依靠的。将军已经在心里打定主意，三小姐精神状态虽然每下愈况，只要他自己在世一天，就坚持留妹妹在家中照顾一天。

台风已经过去好几天了，三小姐仍觉得风还在吹刮，头疼去不了。和普通日式木屋比，西式房子要厚实得多，门窗又都关紧了，风从哪儿来的呢。都是从廊道漏进来的，三小姐发现，要任丰把廊面的门板白天晚上都紧紧拉上，遇到了将军的反对。

也许是真的给风吹得不舒服，也许只是表示抗议，三小姐做了顶软帽、一件斗篷样的长衣服，穿戴起来，还把袖子和裤管都扎紧了，来去像个大侠，端庄娴静的三小姐变成了一位喜剧人物了。

"如果你们还要坐在外头，就把门板拉上。"三小姐抱怨。无论哪一扇门窗打开，就是在遥远的厨房还是前厅，以至于楼上，她都能感觉到风直吹的寒冷。将军只能放弃意见。

怀宁站起来，推动门板，铁轮滚动在轨道之间，发出刺耳的声音。

"轻点。"将军说。

木板门合上，回廊被遗弃在门板外，和庭园一起畏缩了。

清冷的夜，连月亮也没有，浑暗包围上来，廊上的世界阴沉沉。

藤椅里的老人移动一下坐姿，拉拢棉袄的前襟。

我们昨天讲到了哪？

讲到了沼地的埋伏。

到底是住进了疗养院，是三小姐把整个五斗柜的衣服剪碎了的以后，这之前，郑队长带领任丰坐了张司机的车，已经四处探访了好一阵子，寻到城南半山上某宗教团体办理的机构。

看着红砖的建筑颇为整洁，里边的管理也很秩序，郑队长回来跟大家商量，又再上山安排好特别的住宿条件，把三小姐的双人床、粉蓝花窗帘、缝衣机，都先搬了上去，又着令黄妈摆出和家里房间完全一样的布置。

三小姐由怀宁陪着，一行人跟在后边，安静地上了车。

陷在车的后座，怀宁看见车窗上电线杆快速退滑，滑出了玻璃，然后就是灰白的天空，然后树枝和树干出现，形成网，不断地网罗过来。后座陷阱一样地陷落了。姑姑的双手紧紧叉放在膝头，衬在暗色的旗袍上，兀自在黑暗的后座发着莹莹的青光。并没露出什么不愿去的意思，是大家十分低落的心情里，还算差强人意的。

"两边同时住，随时接回来，就当着出门吧。"任丰倒是看得开。

每逢周末和节日，大家都会一起上山去接三小姐回来，让她感到不过真是出门而已。

郑队长其实过虑了，三小姐在疗养院有温和礼貌的修女照顾，又有很多同类的宿友，长期单身独处的闺秀倒是第一次出了家门，跟社会有了接触呢。

你知道，我们平日归之于精神病患的，其实比平常人都诚实可爱得多。三小姐在山上过得很好，远比在家里健康快乐，确确实实使大家尤其是郑队长松了口气，减轻了主意是他出的歉疚。当时由郑队长决定送三小姐入院时，一位晚报记者还曾写过一篇文章，暗喻长安里的楼房里发生了奇情艳闻，写得栩栩如生像小说一样呢。

"可不是，马家将门宦府世代相传，声势显赫，奇事多得很呢。"黄妈说。

"可不是，就看那满满一阁楼的珍禽异兽吧。"任丰应着。

两人互相玩笑，不听外边传些什么。

我们已经说到将军去世，怀宁离开家以后的地方了。

南征北战戎马倥偬，行动接续行动，将军前半生不曾有过回想反思的时间，退居岛屿的无所事事的日子，春天夏天秋天在回廊上缓缓度过，前半生种种之成为材料，经过累积和沉淀的过程而渐渐酝酿成记忆。以无比的毅力和弹性再一次从地狱回转，记忆教给将军的是疏离和舍弃。抽出距离，把过去都当作好似别人的事情，他倒发现，不要说那时有过的，就连这时的自己的身与心，也都能舍了。

此后他面对过去越发感到自在，诸事无论轻重大小悲喜，就让它们从口而出，不负期望地它们都能松弛了与自己的紧张关系，从附身的魅影、纠缠的噩梦，成为自由运转的丰富的故事。乍看的复杂混淆和零乱，无法预测掌握的偶然和突然，都自动现出了脉络理路，在所有莫非都变成为叙事的这时，现出了它们的起承因果关系。

多年的落叶经过累积发酵而成为黑色的肥土，难以承受的经验也为将军酿造出叙述的沃壤。前半生的行动提供他轮廓纲要，后半生悠悠时光给予反省的机会，让他厘清情节，填出内容，牵连出意义。战争的残暴，人际的狡诈，爱情的虚无，在交替着日与夜的黄昏的回廊上，经由记忆的提炼过程，都生出了实在的机理。已经消失了的过去，一经召唤，像退隐的老兵听到了召集令，一一又从各个角落整装出现在生活的战场。

又惊险，又奇异，又壮丽，又缠绵，种种妙质由他成为说者，退去旁观的局外，反倒欣赏到了。过去屡屡经历厄乱恐怕是有道理的，他开始想，那就是，使这时的自己，有这许多的题材能够说得婉转有趣娓娓动听，比传奇还神奇。甚至他认为，让他屡受艰难恐怕也是一种有意的安排，一种福赐呢；上天不是用辛苦来处罚他而是培育他，用他的恶固然制造了他的罪过，却是用罪过回来滋育他，使他的恶开出了花。

将军终于转危为安，振作起精神，好好地活了下来，而我们也不得不说，历史不发生在当时，不存在于现场，历史发生在叙述之间，实存在语言文字中的呢。

由记忆将军身上孕育出丰满的历史，使他成为高贵的人，白发红颊，声音宽柔沉稳，性情开朗豁达体谅，在这生命的最后一程，将军闯出了再生的自己。

诚如怀宁的名字，将军晚年过得很安宁，与孙女一样的女儿对话，是他未料到的。能有这样一位忠诚的听者，死生契阔都与她说了，让他觉得幸运和欣慰。怀宁大学毕业后想留在父亲身边就近照顾，将军却要她尽量为自己打算，不用管他，鼓励她出国学习。

哪位外国智者提醒过，生活情况是多么的复杂，在你以为受到折磨的时候，其实已经种下日后的幸福的种子，我们中国人说塞翁失马，一样的道理。甜蜜温暖的关系，笑容和爱，美食，盛开的花，微风细雨，无云的蓝天，示予我们存在的美好，要我们精神地活下去，然而克服痛苦，战胜困难却更能策励坚强的意志，不屈的性格，使生命更具意义。为了获得后者，辛苦便存在于生活中，便有坚毅如将军如郑队长这样可以担负重责的类种以为昭启。因为有这样的人，痛苦和灾难却又非得以更强悍的形式出现，以便出示更大的景象，为我们带来更多的意义。

或者这么简单地说吧，能执行杀戮的人才能驾驭杀戮，受过难的人才懂得慈悲。沧桑以后并不感叹沧桑，保持了精神上的高度，逆境毕竟成全了将军。

　　怀宁出国前，郑队长已经搬来家中，偌大的楼房和庭院将军独守未免清冷，何况大队长的果园实验又告失败。并肩的袍泽，救难的战友，比亲兄弟还更亲的伙伴，比灾难还更顽强的同盟，又在一起一同坚持了下去。

　　秋天的一个黄昏，将军照常坐在回廊上，黄妈过来请吃晚饭时才发现已在睡中过去了。年及九十，又以这么好的方式往生，大家都为将军高兴。依遗嘱葬礼举行得很简单，骨灰存放灵骨塔，等待某日的到来，将依他的遗旨归葬故乡。

二、天使无名

　　九月的一天，天气晴朗，怀宁应邀参加同事玛雅女儿的十五岁成年礼。典礼在城北边一个树林里举行，玛雅告诉她只有很简单的营区设置，夜里还会冷，要她多带点衣服。怀宁便把毛衣和厚袜子，还有毛毯睡袋等，都塞进了车厢。

　　应邀参加典礼的几乎都是熟朋友，除去了外边的俗套，大家都十分遂意自然。眼前是郁绿的树林，耳边有啾唧的鸟鸣，食物简单丰富，在这里住十一天，按照印第安人的习俗，每天听一个故事后便是完成了典礼。

　　工作还在等着，怀宁不能参加接下来的欢宴，得先回城里去。经过林中的生活，再回到路上，一时竟对世间陌生了起来。

　　公路平坦地往前伸延，初秋的天空没有云，窗前清澈的蓝底上绿荫大片大片流动成富丽的乐章，飞跃出交响的气势。

　　谦诚的颂词，悠扬的歌唱，有趣的故事，件件都还在耳边心中，恍然间怀宁错过了出口。高速公路上一错就是不可收拾的，她赶忙拉回心思，集中注意力，准备快快下了公路回头走，找回前路。

　　绕了两三圈，越弄不清方位了，她减慢车速，留意指标，希望可以看见一家加油站。

　　秋林丛丛掠过，一天的时光正以紧凑的速度趋近尾声，天空飞现艳红，方才觉得畅美的景色现在令人慌急，催促着，是的，她对自己说，必须在天黑以前找出前路。

　　不见一家屋舍，没有任何指标，树林接续又接续，形成围攻的局势。到底是在原地打转，还是进入了不明白的处境？无论如何，先摆脱这密林的纠缠再说。她踩足油门，一阵努力以后终于有了突困的形势，眼前出现了宽阔的空间。

　　在最后的一阵日光里，她看见一大片高粱田，抚依着平地延展开来，铺陈到公路消失的尽头。无边无际的农田，摇荡着摇晃着，竟有着岛屿的稻田景象，她迷惑了。

　　车速减慢，在路边停下。一层暮霭从公路那头向这边漫延过来，路形开始恍惚，田野也更迷离，变成海洋似的流体，摇晃着摇荡着。

　　日落方向的地平线上出现了一个影子，依着路面往这边一步步移动过来。她迟疑地打开车门，走出车厢，眯起了眼睛。

　　秋的旷野，空间辽旷，风很料峭，她拉紧衣襟，举起一只手，搁在眉下的地方，挡住目眩的反光。

　　终于走到可以辨出身形的距离，逐渐现出了面目，怀宁吃了一惊。

　　这不是父亲么？

　　是的，怀宁，是我，将军露出和蔼的笑容。

　　因为有件事，非来和你说说不可呢。

　　几个礼拜前的台风带来了大雨，山洪一时宣泄不及，寺里进水了。

　　"还记得答应我的事么？"老人说。

　　"记得的。"怀宁回答。

　　"那么就麻烦你跑一趟吧。"

　　"而且，"老人说，"故事有些地方不是还连不上线么？"

　　你得去一趟原发生地点，它们才会清楚。

引擎声从背后传来，怀宁转过头，一辆车子向这边开来，经过身旁扬起昏黄的尘埃，眼前更是看不清了。等到尘土落定，恢复了原先的视线时，老人已经不见。

不过这么一会时候，天已经暗下，麦田似乎消失，旷野无形无边，只见那过路车的两点红色的尾灯像一双诡谲的小眼睛，一闪一闪发出暗号的默契，远去在已经合拢了的暮霭里。

怀宁重新开动引擎，耐心地让它暖上来，然后她打开高灯。

既然有其他车辆通过，前后都必定有路。

银幕映像交错闪烁，播报员声音急促，种族战争疆界纠纷宗教冲突权力斗争、恐怖爆炸抢劫绑票杀掠强夺颠覆、贫穷饥荒疾病、总统总理主席独裁者、政治人物社会名流社交名媛、战犯杀人犯恐怖分子地痞流氓、家暴者被家暴者连续作案者，半自动机枪校园扫射，炸弹街头爆炸，子弹流窜，人纷纷倒下，公共汽车里的、办公楼里的、超级商场里的、路上的、操场上、教室里的、教堂里寺庙里的、公园里的，倒下倒下倒下，电话铃响了。

喂喂，国际线路很清楚，像似不过从当地打过来，可是越洋电话必须大声地嚷，才有隔着海洋通话的感觉。能不能回来一趟？是郑队长的声音。强烈台风过境，从来没有这么大的风和雨，屋檐吹掀开，墙也塌倒，遍处都是水，老屋经不起了。如果自己不能修，公家催促收回改建公寓。

"回家看看吧。"电话里的声音催促。

地中海式楼房再现，白垩土的墙面暗淡了，墙基漫走着霉迹，二楼的栏杆蚀满了锈痕，楼台堆积着厚厚一层残叶。

任丰胖了，头秃得见顶。郑队长头发也花白了，脸上都是皱纹，然而鼻梁仍旧保持了挺直，在周围一切都衰败放弃的时际，唯它坚持着原有的精神。

树吹断了干，压倒了墙，花木零散，后房屋檐一角给吹掀开来，灌进了雨，屋子里的东西不是淋了雨就是浸了水。

不用深呼吸鼻腔就都是水汽，可以想象水曾经滞留过，屋里墙底角蜿蜒着渍痕，桌椅橱柜等仍放在原来的地方本来的位置，长久不被使用的家具失去了它们的功能，而是曾经用过的人的代征，显示了曾有的存在，和缺席。

郑队长仍旧言语精简，任丰却一遍又一遍，说过了的又说，简单的经过重复地解释。话语开始在潮湿的空间里浮沉。长程飞行，她是很疲倦了。

"歇一会吧，"队长说，"你的房间已经收拾出来了。"

穿过大厅，经过回廊，突然一阵芳香止住了水汽和霉气，怀宁停住步子。

玉立在郁暗的庭园前，那株栀子，叶是油亮的墨绿色，蜜白的花朵缀满身，竟是出落得越好看了。

载负了过去时光，栀子带着香气向她贴拥过来，一时怀宁觉醒，无论现实呈现何种面目，记忆总是亲诚地在等待。

另一种香使她从睡中醒来，这回是吃食的香味，任丰准备好晚饭了。几样家常菜熟悉又可口。饭后任丰烧茶，平日做这事的黄妈已经搬去南部跟女儿住了。

"自己翻修，要不就让总部收回改建，"郑队长说，"改建后可以分得一层，其余归公家。"

好处是，一层公寓比独户大院要容易维护。"我们年纪都大了。"郑队长说。

"可惜的是花园，"任丰说，"现在的台北，哪还能找到这样的。"喜欢从事园林工作的任丰叹气。

"你有什么打算呢?"郑队长问。

"我们都不要紧,看你觉得怎么好,这房子终究是你的。"

"无论怎么处置,你都要争取产权,"郑队长说,"你姑姑上年纪了,总得回家的。"

而且,或许有一天,夫人和怀远也能回来——总要有个安身的地方。

遥远的名字被提起,依旧叩应在心上,虽然故事已经远得像传说,情节也在时光中湮灭,然而当它初发生时,在身体、情绪,和思维上曾经启引过的敏锐又深刻的反应,却由生活淘炼成纯粹的感受,那名字一旦说出口,像幽灵的被召唤,便从瞑然的时光涤荡而出,没有被稀释,没有被忘记,却以越发清晰明确的姿容,重新成为真理和现实。

茶壶的盖子在炉上轻轻地噗响,巷外传来卖馄饨的梆子声,依旧是二重一轻。马怀宁推开玄关的门,前庭湿漉漉的。

"要出去么?"郑队长问。

"就在附近走走。"怀宁说。

"陪你一起去吧?"对方说。

"等一等,"郑队长回头拿了一把伞,"穿得够暖和?"

"够的。"怀宁说。

郑队长撑开了伞,"还记得路么?"

从巷子出来,他们无目的地走上大街,经过骑楼底下的地摊,逛了几家书店。郑队长推荐一家茶室。"请你看看几幅字。"

穿长裙子的女侍把他们领到临窗的小桌,问明了茶种。

"今人笔法滞重沉腻,不是官气就是霸气,这几幅不知名的反倒清爽。"等水烧开的时间,队长一边看着壁上的书法一边说。怀宁记得,以前队长是早晚都要临一遍米南宫的。

水开了,发出细细的吹笛的声音。怀宁两手握着加了热水的瓷杯,等待温度从瓷内暖上来。

黄昏提前到来,划着雨丝的玻璃窗底下,行人撑着各色伞,车辆闪着头灯和尾灯,从黑蒙蒙的天空,雨落着落着,落在伞上,落在十字路口的杂沓的人车间,落入肮脏晦暗的地面。可是当你拉高视线，从一个遥远的角度设法再见城市，朦胧雨丝之间在城市的上方，如银如水，如青瓷般闪着光芒，宁静优美的新的城市出现了。抒情还是可能的。

怀宁吹了吹水面，饮了一口茶，上好龙井浸在雪白色的瓷杯里，片片都成叶，有一股沁鼻的香。

清早的飞机，准备再收拾一会就上床。也许是茶喝得浓了点，还是心情紧张，或者两者都有，怀宁一点睡意也没有，整个脑子清醒极了，清醒得像通明又深邃的大厅，思绪在厅内被照得炯然见底，一览无遗。

随意披上件外衣，下楼来。

拉开门板，板底的铁轮滚动在轨道上，回廊外边雨已经停了，手伸出去，接到的是一滴续着一滴的檐雨，收回来，放在藤椅的把手上，掌下的部位似乎仍旧是温热的，总是搁在这里曾经有一双手。

花香隐约，留心地呼吸，以便和它接触，它犹豫着闪躲开。你放弃意思，任由来去，它反而拂撩过来，亲昵地偎依，如同狎戏的爱人。

什么花，这深秋的夜，细雨里兀自绽放，陪着你?

哎，还有什么花，除了栀子花外，还有什么花呢。

"消夜炖好了，趁热吃点吧。"任丰前来告诉。

匀净的一碗鸡汤，一勺勺不急地饮，厨房里总是温暖又和煦。

"这雨一下，就要下到三四月了。"郑队长说。

"雨一停，就要热了。"任丰说。

"给你看张照片吧。"郑队长说。

怀宁擦干净了手，坐过来一边，小心地拿到眼前。

两位年轻俊美的军官，并肩而立。

端正的军帽，笔挺的军服，肩带斜打过上胸，紧紧扣在腰际，白色的手套，硕挺的长马靴。

"什么时候？"

"战争还没开打前。"

一起去猎金丝猿的时候吗？

是的，一起狩猎金丝猿的时候。

一大早怀宁就醒了，屋里弥漫着烟香。原来两位老人设立了桌案，供了五品，燃点了一炷香。

慎重地祭拜以后，一个裹在绫子里的瓷罐交给了怀宁，为了携带方便，还准备了特别牢固的手提包。

"可得留神，千万别砸了。"任丰叮嘱。

"千万不可松手。"郑队长说。

是的，马怀宁明白，她将与它寸步不离，一路为伴，直到抵达临庄为止。

三、流动的地图

带着两位长者的叮咛和祝福，怀宁进入辽阔的陆地，无法忖度的陌生乡域，辗转颠簸，从一站过渡到另一站，充分领会了华夏民族的人口问题，沿途察言观色随时修改适应，等到在各个柜台窗口商店饭馆公私营单位等等一律受到粗蛮的待遇，知道自己大致被视为本地人后，稍稍放了心。

抵达河程的起点，旅行社派来的陪同吴蔚女士，已在等候。

"我叫您吴同志吧。"怀宁对剪着整齐的短发、穿着西式套裤的吴蔚表示敬意。

"不不，"对方连忙摇手，"不好这么叫，就直叫名字吧。"

吴蔚行动利落，替她结了旅馆的账，办好各种手续，提了箱子打前锋。她们一同挤过旅馆门口的人群，坐上计程车，驶过街上的人群，来到码头，挤过岸边的人群，挤上船，挤过甲板上的人群，船道里的人群，挤进舱室。吴蔚关上门，两人对喘了一口气，怀宁把小手提箱谨慎地放在自己床铺底下，这边一摸头，掠下了一手头发，这是一路冲锋破阵的成绩呢。

原定上午开航，因为政府航运管理方面一贯的怠误，为了从不需要向乘客们解释的原因，船停靠在码头，迟迟不见动静，好在各处都热闹极了，倒不因等待而感到无趣。小贩们川流不息地上船来，沿舱房叫卖，十分的殷勤。

"可得小心点，别胡乱买。"吴蔚警惕她。

好不容易挤进来，吴蔚又忙着挤出去，手里抱着一个热水瓶，一边叮嘱怀宁好好留在舱里，别往外面跑。再回来时，瓶里已经灌满了热水。从背袋吴蔚又拿出两双筷子、两个塑胶杯，照顾得这样的仔细，倒是让怀宁没料到。

"没什么，自求多福而已。"吴蔚说，把东西一一摆放在小桌上。

干净的杯与筷，各居己位，热水瓶端坐在中央，湖绿色的搪瓷面上工笔描绘了一枝胭脂红的桃花，在粗糙慌乱的环境独自秩序安宁，令人放心。

黄昏时，船终于移动了。

溯水航行，沿途遇站停泊，转运客人和装卸货物，每站人众汹涌，黑发形成黑色的潮水，一股股里外翻掀着。

渐入正水，两岸不再逼迫，人的世界向后退，渐渐让出了江面，视野宽阔起来。

灰青色的天空，灰黄色的山脉，灰白色的水，船身缓缓向前，切开灰绿色的水心，在庄严的灰色里，河水延展去无限的前方，从相反的方向怀宁重走父亲马至尧将军当年叱咤乡舆的路程，逐渐进入日升月落人事迭错的过去。

河水沉郁如古镜，映照过去现在和未来；在温煦的灰色的辉光中，回溯千万里空间和时间，鸟瞰的视点，故事重现。

1. 给永恒的理想主义者

黄昏来到庭园，日光逐渐转变成流体，沁盈着你的身体。

空气的气味、树的气味、木的气味、一种坦陈了的肉体的气味、花的香味，浸淫着，使你从外在的物理性的活动脱身，进入感官的世界。

然后你清楚地看见了回廊，廊底的羊齿，青石板的台阶，和花香的来源，那一丛盛开的栀子。

从来没有结过这么多的花苞，孕育着，等待过去了秋天冬天和春天，渐渐饱胀成螺旋的形状，从青绿转变成乳白，还带着一点芽黄，终于在盛夏的这时绽放。

昨天我们讲到了哪里？说故事的人问。

讲到了猴子的脸，听故事的人回答。

啊，可不是，你转过头，吃了一惊，对着你的是一张蓝色的脸。

花瓣始终开不平，一瓣搭依着另一瓣，阑阑珊珊萎萎靡靡的，开着也像在厌谢。那香味，哎，那浓馥又凝郁的香味，可固执而又不保留地释放着，羁绊着你，浸溺着你，使你无法招架，奄奄一息。

蓝色的脸？听故事的人不相信，嗯，倒要说说看，是哪种蓝颜色呢。

哪一种蓝颜色？说故事的人把身子往椅背靠去，仰起头，进入遥远的思索。

水溶溶的天边已经映上了一弯牙印似的新月。

那是哪一种蓝颜色呢?

为了弄清楚这件事,我们来到狩猎吧,是的,让我们从猎程的开始说起。

就像你被告知的,这是辛苦又寂寞的一段路程。首先,顶要紧的,你得耐心等到有月的黄昏,确定不但有月,还得估计它能持续照上几个晚上。在这南方的山城这是可遇而不可求的情况,如果没有出现的可能,不如打消主意,否则就别错过机会,原因很简单,树林里黑极了,你得依靠月光,除月光外你没有别的光源,就什么也看不见的。

扎紧绑腿穿上厚重的鞋子,检查是否一切齐备了,你背上行装和猎枪。

人迹渐渐减少,屋舍没有了,周围开始荒寂,环境影响不了你下定的决心,如负任务一样往前走,不犹豫。黄昏时你到达山脚,从这里起就要往上爬。你站在一块石头上,回望城市,看见它浮沉在暮霭的底下,已经很遥远。

调整背包和枪在肩上的位置,你深吸一口气,从现在开始,是的,你就得不止地往上爬,无论怎么走和朝哪个方向,都得随时确定自己是在上坡的路上,任何时候有下倾的模样就是走岔了路。跟着你一起出城的月亮现在离你很近了，你从来没见过它这么大这么亮的，在你身边跟出了步步伴行的影子。

地势开始崎岖，土坡变成陡峭的岩壁，夜来的水汽使石面难以落脚，你格外小心地跨出步子，探测地面的稳度。脚下若有个闪失，受了伤，你就没法前进了。

歇口气吧，你把枪解下来，在石旁放好。眼前坡原苍蛮又辽阔，被月亮照成了深蓝色，海水一样起伏迤逦，你倒是像身在海底了。

你失去世间，也失去了自己的所在，零下气温透进衣领，直冷到皮肤里，这也好，要不是这么冷你就会连自己的身体也觉得失去的。

平常脑里有着数不清的意念，现在世界只有一轮月、一片光净的坡崖，这么的单纯，思绪也跟着单纯，时间消失了。你只想着一件事，为着一件事，那就是，继续向前走，往上爬，用谦虚的匍匐姿势，从胸腹开始都扔弃到粗峭的岩面，手脚变成虫蠕的肢脚，变成苦行僧，贴地蠕爬着。你的体温一路下降，直到和冰冷的石面变成一致的温度，两膝磨出泡，流出血，合愈了，长成茧。

白天蜉蝣一样趴附在岩坡上，晚上找到勉强可以掩蔽的地方试着休息，你到底是明白月亮的重要性了。首先，有月就不会下雨，不会叫你一旦失脚就会一路滑去坡底下。其次，每天白天过去而夜要来的时候，它就像准时赴约的朋友，从东方出现，前来和你同行。你停下来，它就等着，睡下，它又无保留地覆护着你，真是再也找不到更好的旅伴了。

起初还不时回头遥望，试着在苍茫的云雾底下摸索城市的形状，然后就不再回头看了，就这么一个人爬行又爬行，你明白了寂寞是什么，怀疑自己失去了语言的能力，可是寂寞成为日常以后，你反而感到和寂寞亲切起来，喜欢起了寂寞。

一个山腰沉落另一个又浮起，连成绵延的叠峦，一座峡岭过去另一座又腾起，形成了壑谷，天际悬挂着总是追随和鼓励着你的月亮。然后你抵达一座森林。沉厚的原始树林从来没有人进来过，松杉丛丛聚立，向天空苍莽又倔傲地耸拔，在久远的时光里，他们一直等着你。

检查枪支，调整背包在肩上的位置，稳定脚步，进入森林。

眼前顿时暗下来，可是当现实的世界隐去，想象的世界却明亮了。参差的枝干现在是缠绕的躯体，藤蔓和菟丝痴情地摇摆追随，苔茸草叶抚擦着亲吮着你的脚踝。你小心步子，提防陷阱。突然林顶一片嘎噪，你吃了一惊，赶紧俯下身，躲去树干的后面，采取踞伏的姿势。原来只不过是栖眠的鸟和兽被来客惊醒，一大片看不见的从头上跃飞起来奔驰而去，却听见枝叶唰唰地打落下来。

你松了口气，站起身子，恢复原来的姿势，继续摸索前进。黑暗的树林，方位都没失了，但是你记得很清楚，往上走，是的，只要脚下在往上的方向，错不到哪里去，终究是会到达目的地的。

地面很软，绵绵地吃进了鞋子，一步一步拔出来，沾黏着腐烂的植被和泥泞，鞋底越来越重了，千百年来千万片树叶生出又落下，现在都沉淀在你的脚下。

雾飘流着，水汽凝重，土地开始湿濡得简直不是实体，突然你警觉起来，你一定是身在林沼了，是的，必须经过沼泽才能到达，你记得很清楚。

前边走过的一程虽然荒芜寂寞，月照之下还算坦白，现在这里可是晦暗又暧昧，匿藏着各种不可预料的事物和活动，摆布着阴谋和陷阱。放慢脚步，把枪从肩上取下，紧握在胸前，手指扣在机扳——

一片叶子离了枝，迟疑在滞闷的空中，抖颤着，往下飘，落在搁在藤椅把手上的手背上，一点声音也没有，夏天的落叶比秋天的绝望得多。

季节在庭园里更迭，滴漏一停就是夏天，地毯开始回潮，楠木地板开始膨胀，板和板间的缝隙消失，紧密排接，走上去便因磨蹭而发出呻吟，情欲随季节的更动而苏醒。

一只手抚摸着藤椅的把手，摸索着藤的条纹，另一只手握着酒杯。

多么修长的手指，月白色的指甲底边印着月白色的月牙——这样子的手怎么是拿枪的，怎么会杀人，怎么能做将军的呢。现在握在这手的手心里的是一杯暗红色的液体。

女子的手，拿着的则是一把梳子和剪子。

从顶旋开始，梳出一绺发，长短不很齐，那么就夹捏在食指和中指之间顺下平拉到指的边缘，缘指边剪齐。这是双纤纤的女子的手。现在这双手再梳出一绺发，重复前边的动作。

剪子和梳子在指和指间调动，剪子是嵌银的，梳子是琥珀雕花的，两种材质发出不同的光泽，相映相成。

手的边缘不时触到被剪的人的脸缘、耳轮、颈后。微微有点潮湿。

手指一样是月白色的，指甲却呈肉红色，月晕则是淡淡的水红，而合指搁在膝上的这一双一点皱纹也没有的手，则属于未经世故的青年男子。

耳后也是月白色的，让女子的指甲轻轻给刮了一下——嗯，有点疼，划出了一道痕，也呈肉红色。

黄昏进入半透明的暗红色的梳子，琥珀的纹路在梳子里迷走如浓郁的血痕，栀子花的香气诱引你进入它的蕊心——在那里，一切都是柔软的，湿润的，亲密的，精神恍惚的，迷醉的。

梳子和剪子都放去小几，空出双手，让它们穿入发内，十指运作，骚弄着撮揉着抚按着。全身一阵酥麻，往后微仰起头，啊，你想你听到了一声压抑着的叹息。

相思和羊齿窸窣地响起，掩护了叹息。

这边的手则仍紧握住暗红色的酒杯，指连指，踮着手心，指缝间渗出了透亮的暗红色的液体。

多么安静的回廊上的黄昏。

夕阳倾斜，闪烁，光度透明，突然你明白夏天就要过去了，这样的匆匆。

怎么总能用偶然的身体的接触，用眼神，来相互委身，用无语的言语，来完成默契呢。

这一会，是另一个画面，手搁在一片裸着的背脊上。

走道没有人，脚下的地板叽吱，发出木的潮气，每扇卧室的门都是关着的。

不，你眼前的这扇没关紧，一条门缝邀请你的视线。

光来自左侧的窗，斜斜地伸过来，照出光滑平整的、年轻的肌肤。手掌搁放在两块肩骨之间的坡原地带，蹭出一叠影，搓出淡淡的明和暗，除了这光和影，一切外在的事物都被挡在门框的外边。

所有外在的，和构图无关的杂质，都被切除，所以一只手搁放在一片裸背上的画面是这么的简洁纯净。

背向后倾，背上的手掌一路承接，你似乎听见从门缝透出一声深深的呼吸，一声叹息。

栀子花的香气卫守在黑暗的过道上，忠心耿耿。相思窸窣地再响起，掩护了叹息。

天色渐暗了，光源失去，你也失去了图画，方才看见的，现在只不过是一条晕暗的门缝。

不曾显示异常，不曾叙述故事，不会泄露情报，透露情节。

不过是一个日常的静静的黄昏，楼下玄关的玻璃门还透着一点光，波斯地毯不理水晶灯的挑逗，维持着端庄在瞎暗的地面。

风似乎吹起了，你听见相思树搓娑着窗框，一片低低的窃笑声，压抑着欢喜。

窸窣的脚步声，地板轻轻呻吟，一扇门开了。

从开着的门出来，退入另一扇门，窸窣的关门声。

呼吸均匀而持续，没有被打扰，可是你从来就不知道谁出来，谁进去，从谁的房间，到谁的房间，在谁的床上，黑暗中，谁在等待，谁在倾听？

谁的脚步声，谁的叹息声，呼吸声，还是压抑着的喘息？

无论是半开还是盛开，更不要说开萎了的，栀子的香气总是带着一种不愿自拔的坚决地耽溺下去的气质。

是的，这是一座内容不明的树林，从来没人来过。树上挂着白色的寄生植物，白雾像幽灵一样地飘浮。你的脚下声音闷重，沉默了千万年的空间和时间不会因你的到来而坦陈心事，你必须自己找出它的内容，它的情节、细节、观点、上下脉络、经纬组织、起承转合，以便连续成对你具有意义的本事。

持枪一步步摸索前进，浓重的水烟飘流，时时淹遮了视界，你谨慎落步，竖起耳朵，聆听各处的静动。

叶和叶交会通风走报，枝和干缠接串联，你听见自己的呼吸接近了喘吁，心跳得很急。

无声的喧哗，无法抑制的欲望，焦虑的等待，阴谋就要揭发，高潮，或者终局，就要到来。

禽鸟喋嘎，攀缘性的动物在华盖活动，从各种方位传来不明的声响，你试着分辨哪一种是虚势，哪一种是真正的威胁，还是不过是渴望着接触的呼唤，拉长了尾音，在干枝之间传递撞叠成回音，提醒暗示，秘密等待揭发。你努力地听并设法了解讯息，是的，黑林里布满悬疑，提供着线索和答案，你得具备各种被惊吓和惊喜的能力。

你从来就不知道是谁走出来，谁摸索着步子，谁进去了谁的房，或者在黑暗的床上闭紧了眼，竖着耳朵，谁在等待，谁在倾听？

潮湿的夜，寂静的走道，寂静的卧室，壁橱贴墙肃立，每张抽屉的嘴都闭得紧紧的，如同可以信赖的友党。楼下传来攻城和守城的牌声，遥远但热烈，为胜利而欢呼为失败而哀叹，而再接再厉。

厅堂里墙与墙排列出警卫的队势，波斯地毯无声地罗织着阴谋陷阱，穿堂没有止境，楼梯引向蛊惑的处境。无论是半开还是盛开，开败了的更不用说，尤其是从黄昏到夜来的时候，栀子的形状和香味总是接近一种萎靡的肉体，绝望的欲望。

远古本是高大乔木的羊齿，现在蔓爬在地上，你不注意的时候已经爬满了潮湿的地面，叶茎披盖着金色的绒毛，孢子囊密生在叶的背面或边沿，如齿如羽的复叶重叠出规则的层次，排列成对称的整体，柔软细致又丰腴华丽，也很固执倔强。蔓延，抽长，直上二楼，哗然放开伞叶，浓郁的绿色像颜色遇水一样晕化开来，浸漫过来，镂花窗帘痉挛了。

一点声音都没有，爱情原来是可以这么缄默的。

　　靠着墙，把耳轮贴近黑色的门隙，倾听，听见的是急促的撞击，原来是你自己的心脏撞击在自己的胸膛。

　　齿叶纵情地抽长，绵延，席卷，一路颤抖着，自己都要受不了了。

　　下午六点钟，花的香气，这两项条件如同魔钥总是能开启黄昏的场地，渐渐亮起一日将尽的靡丽。落地长窗前坐着的人，以侧影映在壁画般的背景玻璃上，夕阳用金色的线条勾勒出如影的轮廓，影前的桌面则放着一碗热气袅袅的鸡汤。

　　门开了，她进来。他抬起头，手肘依旧压着书页。她坐下来桌子的另一边。

　　拿起桌上的一只汤匙，从他的碗面酌一点汤，送到她自己的柔软的唇前。

　　嗯，有点烫。

　　他抬起头，晚光进入他的眼，眼眶幽幽地沉落时，瞳孔却像黄昏的星斗一样地亮起来了。

　　他们穿上好看的衣服，戴上典雅的配饰，里外都认真用心一丝也不苟，打扮出自己最满意的一面，还要在镜前左右地顾盼，只为了让对方看着喜欢。

因为，他们将共赴一场盛会。

大理石发出炼乳和凝玉的烨光，明镜剔透耀熠，他们在卧室完成了蜕变的手续，出现在楼梯口。

昳丽的服饰，焕发的神情。传来车辆备好的消息，仪式宣告开始。

他们出现在楼梯口，崭新的人物，天作的璧人。后房的牌声一叠叠掌声似的响起。

三轮车已经等在门口外，下雨了，黄妈送过来一床军毯，他们上了车。

让老林在膝头放好毯子，放下油布帘子，扣紧了下摆，还殷勤地叮嘱，坐正了，坐稳了，把腿面脚面都盖严了，边捺紧了，莫任毯子绞进了轮子。

他们从巷子出来，右拐上大街，摇摇晃晃，雨淅淅沥沥落在油布帘子上。新安装的镁光街灯为他们打出水红色的一街背景，荧荧叮咛，送他们上路。

粗健的小腿一下一上，三个轮子开始飞跑。他们跑过地摊菜场，土地庙，天主堂，基督堂，清真寺，邮局，区公所派出所，小学和中学。跑过和平路，泰顺路，云和路，金华街，南昌街。

　　只容两人坐着的车厢又黑又挤，可是，这样不是最好么。对身边的身体就像对自己的一样熟悉，不需要外在空间，不需要照明。

　　雨的气味，油布的气味，毯子沾到雨水的湿羊毛的气味。衣领的气味，发的气味，颈侧的气味，耳边的气味，额头的气味，眉角的气味，双颊的气味，唇的气味，胸的气味，肋骨的气味，呼吸深深地进和出，没有比六十年代的雨帘里的三轮车更色情的了。

　　雨细细打在油布帘上，淅淅沥沥如耳边唇边的细语，一词半音还留在唇里，车身摇晃，上颌骨磕到下颌骨，齿碰到了齿，嗯，有点疼，咿唔越发没有意义。

　　经过了主妇和放学的孩子，下班的人潮，卖馄饨的摊子，卖臭豆腐的，卖烧鸟的和烧肠的，里面一定是灌了老鼠肉才这么的香呢。卖牛肉面和切仔面的，卖春饼葱油饼的，蟹壳黄萝卜丝饼的，烤鸟烤鱿鱼烤玉米的，烤红薯烤爆米花的，卖红十字会章的中学生卖白兰花的老太太卖茉莉花的小女孩子，众人向他们一路挥手，祝福前程似锦。

　　他们跑过了信义仁爱路、介寿路，经过了宾馆、公园、总统府、美术馆博物院、大会堂，进入霓灯初上的西门町。

衡阳路，沅陵路，中华路，桃园街，武昌街。平交道前他们停住车，因为栏杆叮叮当当放下来了。雨停了，从落日重新出现的那一头，火车吐着白烟神气地蹭过来。趁等在平交道这边的时间，老林下车替他们卷起了雨帘。

火车拉长笛声往这边昂扬地过来，车轮发出愉快的节奏，经过他们面前吐出更多的煤烟，车厢一节节过去。和众人一齐他们高兴地仰着头，本来想数数一共有几节，却失去了数目。终于最后一节也过去了，栏杆又叮叮当当拉起来了，三轮车的轮子颠簸过轨道，颠得他们摇来晃去不得不拉住手，忍不住地笑。

他们跑过汉口街、内江街、成都街、峨眉街、西宁街，穿过琳琅的书店、布庄、鞋店、百货店、白切鹅肉店、冷饮店、纯吃茶店。

乌云已开，天空匀净，西向的街道面对雨霁的清丽的落日，耸立着他们旅程的终点，百乐电影院。

多么美丽的建筑呀，红砖的楼面，鲜艳的广告悬挂在楼前，霓虹灯妩媚地闪烁着，把你眼睛都弄花了，俊男美女脸对脸，情意绵绵，唇就要遇到唇，一旦吻上——哎，可真要叫你心醉神眩。

红色的墙，红色的灯光打在一长排玻璃橱窗上，晶莹的窗柜子里，红星摆出迷人的姿态，绽放出灿烂的笑容，欢迎两位光临。

小心地下了三轮车，票已握在手中像孩子一样的高兴，等会他们将随众人进入戏院，欣赏一部精彩绝伦的电影。

三轮车飞跑，跑过街道和城市，稻田和树林，沼泽和河流，岛屿和海洋，展开在他们面前余阳辉煌，他们的脸流动成金黄。风吹云飞，鸟成群伴随，她牵着他的手，领着他，在新升的月光底下，华夏巍峨辉煌，许诺了未来，一场好戏就要开场。

林木喧哗，各种声音之中有一种显然出类拔萃，以极细腻悠亮的音质脱颖在各种之上。起先你想，大概是树和风互相搓擦的声音吧，因为只有自然界的交会才能这么的生动的。你再想，在各种禽兽和人类中，哪一种可以一音含九音，唱得这么婉转悠长绵延的呢？

你停住脚步，心情严肃，思索开始漫延。

水重复击打堤岸，提醒着故事的情节。

　　客厅的墙与墙肃立如禁卫，波斯地毯无声地传布着狩猎的讯号。

　　一件盛事就要发生，一场战役就要启动，一出好戏的高潮，或是终局，就要来到。

　　身为军人，你顿时敏捷起来，从没有意义的漫想抽身，你惊觉，这不正是期待着的金丝猿的鸣叫声吗？你精神大振，生出战斗的情绪，现在必须定点它的来源，就以自己和周围树木的关系为参考，丰富的战场经验应该使你立刻能识辨出方位来。

　　但是，唱声很游离，像是从一面，又像从几面来，更像密密回传在每个角落，四面八方，使你无法定点攻击的方向。你没有料到，唱声已在导引往前走的脚步，而且你觉得手脚都不再僵硬，步子不再滞重，四周不再冷得那么沁骨了，原来气温回升了。

　　修葺的竹丛，丰密的松柏，长藤攀绕，兰科植物从幽静的蔽角探出头，藓苔和菌类在脚下铺出软软的毯，还有长得正是兴茂的丛丛的羊齿和羊齿。温暖，滋润，丰腴，生机洋溢的世界，如果你不亲自走一趟，你不会相信这样的世界确实存在。

　　脸上的冰霜融解了，变成水，滋润了你的眼睛和嘴唇和干裂的皮肤，经过寒索的前路来到温暖的这里，啊是的，你相信，终于你是身在金丝猿的乡舆了。

　　深深呼吸，沁着草木芳香的暖和空气进入肺腹，一路给折磨的身心得到了慰藉，你开始感到了纾解。你走去泉水冒着的地方，跪下来，上身匍匐在泉边。唇一触到水面，涸裂的皮肉就愈合了。多么甜香的泉水，你以前没喝过以后也不会再喝到的。

　　忍不住把脸埋在水里痛饮起来，然后你抬起头，手掌兜成勺，把水泼到头上脸上——让水洗回来原来的模样吧。然后你等水面慢慢稳定平静下来，也好看看自己现在成了什么样子了。

　　啊，水面你的脸旁多出了一张脸。

　　军人的训练警告你不可妄动，必须以最短时间做出最快反应，你明白，任何下一瞬就得执行的行动都是决定性的。

　　首先你要佯装不知情，保持原来姿势，同时集中心力，仔细辨分水面上的影像——晶亮的黑豆子眼睛，小小的翻鼻，圆滚的嘴，像个调皮的孩子，又像个小老头子。水面微微晃动，两张脸跟着一齐晃动了。不，不是人脸，就是由月亮照着，人脸也不可能有这样的颜色。

那是哪一种颜色呢？

林风瑟瑟，泉蹭出细密的水纹，脸皴出细密的皱纹，五官开始恍惚了，脸像团晕月了。

传说的飞跃于林顶的金光队伍并没有出现，卫护或救援都没有到来；凡是落单的、违规的、自作主张的、狠不下心的，注定都是要给消灭的。

近距离射击，子弹进入肉体，如同一粒石子闷闷掷入沼心，无声地吞进泥泞，没有涟漪。

一声噗响，羊齿的茎折断了，落下来，落在庭园的青石板地上。

二楼的窗关着，镂花窗帘紧密垂着，没有一点声音。听不见一点声音。

蓝色的脸往后倒下，月亮沉沦到水底，在那里，一切都是浑暗的、静寂的，迷惘的，温柔的，不悔的，没有仇恨的。

那是哪一种蓝颜色呢？听故事的人问。

天空星斗愈聚愈多，彼此的距离愈接近，产生自语细语和密语的关系。靠着椅背沉去了头颈，相思的叶影在脸上烁熠，在脚前的回廊的地板上烁熠，从黄恹恹的花心栀子吐出沉瀣的香气。夏日的秘密。

各种物体开始在你眼前旋转和旋转，颜色开始浓炽，形成色彩的结构组织，发出最后一阵光烨，等待夜的前来，被它完全消灭后消失。

2. 望乡

江水初涨，沙水还没有涌到，这是航行最流畅的时间。怀宁躺在舱铺，听见水波滚动，遇到船身，拍击成碎片，汇归原来的河水。再一波过来，重复一样的过程，形成规律的固执的节奏。

随日光渐消船客们渐休息了，人的世界静下来，黄昏铺陈，两岸传来兽禽的呼啸，声音遥远殷切。

什么在叫？怀宁问。

猴子在叫，吴蔚回答。

离临庄终于还有一站，突然大雾从江面生起，很快就占领了河空，景观没入一片白茫，什么都看不见了，船速减慢，试着向岸边靠去，泊岸等待。却见雾越聚越浓，没有遣散的趋势。天很快暗下来，世界瞬间淹没在早来的夜里。扩音机宣布，因为气候突变，不得不在这里暂搁一夜了。

晚食后怀宁提议上岸走走，吴蔚不赞成，"已经这样晚，雾中看不见的，难说随时又有新情况，不如留在船里安稳。"

"就在附近，既然来了。"怀宁请求。对方考虑后勉强答应，不过要马上回来，免生意外。

她们穿上外衣系上围巾，吴蔚说，"这雾也能湿透人的。"

地面又陡斜又湿漉，两人勉强走着，不时还得彼此搀扶一把。

什么行人也没有，门都关了，只有雾水无所不在，飘游在狭窄的路道上。她们攀上一条坡街，突然看见街底闪出一片荧荧恍恍的烟火，诡谲地召唤着。怀宁停下步子，"怎么样？""似乎不远，就去看看吧。"吴蔚说。她们转过街面，从斜坡抄近路，两人半搀半扶，边拉扯着手边的茅秆，慢慢滑下了坡。原来是个不小的场集，一片火点正是摊位的灯光，路上不见的人烟想必都聚到这里来了。

　　颇热闹的市集，有卖成衣卖手表的、锅碗五金的、手工小玩意的、草药的、电器的，还有不知名目的土产山货、奇异的兽皮兽角等。个个从头到脚裹着厚厚的棉衣，拥簇在昏黄的灯光中，小吃摊旁围挤的人最多。叫卖吆喝，大锅敞开热气沸腾地烹煮，滚汤滋滋浇在五颜六色的食料上，冒起浓香的白烟。看着真叫人也想尝尝，却被吴蔚止住了。"不好乱吃的，你我都是外来肠胃。"说的也是，怀宁记起她的随身碗筷政策。

　　声色令人遐意放心，随着人众无目的地移动着，一抬头，却不见了吴蔚。大概在后边买东西，还是和人说上了吧，她从众人里挤出来张望。只见人潮一股股浮涌过来，裹在棉衣里的人像是在水中浸泡过久，臃肿得外征都消失了，只是框在黄皮底下的两点眼睛仍旧精神，骨碌碌地转动着。

　　一切突然改观，这样的陌生，刹时被驱进诡谲的异境，不明底细的陷阱，一阵恐惧涌上来。

　　"吴蔚吴蔚!"见周围人都转头看她，怀宁才发现自己叫大了声。她开始奔走，仓仓皇皇，越发引起注意。可是，没有吴蔚的影子。如果不见她，就自己快快回船吧。

必须在熄灯前回船，她记起吴蔚的叮嘱，加快步子，几近奔跑，一阵以后却又慌张地发现自己已经失去方位，毕竟是迷失了。

"对不起，"忍着焦急怀宁问身旁跟着围来的人，"堤岸在哪里？"

大家露出不知所云的神情，想必是自己的口音有问题，她猜想，仔细再说一遍，"河岸，滩头，有水的地方。"

"你是说卖饮水的摊子吗？"围观的一个年轻人接口。

"不是不是，"怀宁忙摇头，"河岸，停船的河边。"几个攀着手臂的女孩子看着她，哧哧笑起来。

"什么河岸呀？"另一个男子凑上前。

"停船的地方，码头，请告诉怎么走？"

"我们这里是山坳子，哪来的河，哪来的岸呀。"大家露出围巾后头的龅牙，笑着说。

满眼的人脸，缺乏蛋白质的人脸，刚吃罢食摊上的美味佳肴，抵不住骤来的丰腴，油都浮上了干黄皮肤的脸，像戴着厚厚的面具把她猎物一样围在中央。她努力推出重围，仓促跑起来，如果能突然瞧见吴蔚，只要见到她那矮墩墩的个子，眼前如同幻觉的这一切就会过去，她给自己打气。

"外地来的吧？"蹲在成衣摊子后边的妇人说。"是的。"她说。

"脱队了吧？"

"是的。"她焦急地说。

"不要紧的，"妇人说，两手仍旧拢在衣袖里，"这里只有一家客栈，你一定宿在那里，一会收摊，我领你回去。"

"不不，"怀宁解释，"我并不住在旅馆，我是从船上下来的。"

对方眯起灰黄的小眼，"你说的船，是停在哪里哪？"

回记从黄昏下船到看见荧荧灯光的一段路，怀宁揣摩时间，"走过来，也许十多分钟。"可是她又记起是抄捷径过来的，"不，打正路走，也许要二三十分钟。"

"这么说，怕是不到半里路，不就在附近了？"

怀宁生起希望，"是的，就在附近的，请尽快领个路吧。"

"哎，我这会说的是，我们这里可没这么近的河呀。

翻个土坡是不错，可是要再走上近百里，才能见到水呢。"

努力把百里换算成时间，重新回到原来的慌张。

"要是骑马，大概一天可到。"

骑马？怀宁无法想象。

"这可叫人急，"妇人很是同情，"不过，收市了熄灯了，你一个妇女不能随便遛荡，总得找个地方过夜，我还是带你去客栈吧。"

勉强的对付方法，可是又有什么别的法子呢？

和妇人说话的时间市集已经冷清下来，只余几个最后收摊的商人。夜雾果然能透衣，终于等到侵袭的机会，便从外表一路浸到了衬里。怀宁记起小时候大人说的拍花子的故事，一只手拍在你的头顶，突然就给拐到完全陌生的地方。

妇人蹲下身，把摊上的成衣用塑胶袋一一装好放入包裹里，蹒跚地背到身后。"可以帮你拿件什么吗？"怀宁问。"不用，还轻的，"妇人说，"你跟着我走。"

不知过去了多久，木板门的那边响起金属碰擦的声音，半截身形托映在门开处的一线郁黄的底光前，"都满了。"门缝后一个声音不耐烦地说。

"等等。"妇人连忙用手抵住门,"同志,只是过夜,明天一大早就走的。"

"都满了。"

"有外币的。"妇人提高声音。

关门的手势停下来,迟疑了一会,门总算开了。

值班的男人听完怀宁的故事,长长抽了口已经到头的香烟,从鼻孔吐出烟气,把剩下的一点烟头扔在地上,用脚踩熄了。

"的确没错,我们这里是山城,河在百里以外,如果我们说的是同一条河,得穿山越岭一两天才见得,可不能像你说的一下子就走到。就因为这重峦叠嶂壁岩峥嵘,我们这里自古就是兵家必争之地的。"男子骄傲地说,拿起小茶壶对嘴咕噜噜喝了一阵。

"这样吧,有什么联络的号码,帮你拨过去,关照一下。"

可是,怀宁突然记起来,这一路都是旅行社在照料的,不要说联络的号码了,连船名是什么都没注意呢。怀宁暗骂自己糊涂,不过船票上旅行社的电话号码倒是有的。

"嗯。"男人抱歉又像是嘲讽地笑着，"我们这里还没拉上国际线呢。何况，这样打电话，又是山又是海的多远哪，接不了头吧？"

站在屋中央，怀宁仍无法接受自己现在是在一家旅馆而非船舱的现实。呆望着空白的墙，她只怪自己不听人话，否则这时好端端睡在舱铺上，等天一亮，安稳到达临庄，那该多好呢。

懊悔已经无济于事，恐惧比懊恼和焦虑更冷悚，而它的核心正是怀宁几乎不敢去想的那小手提箱。

就目前的情况来看，只能全数信托在陪同的身上，耐心地等她再现了。可是，如果她也出了什么差池，耽误了航程，或者，带了自己留在船上的行李卷逃了？或者，那边的人并不知道自己此刻身在的城市，视它为虚妄之地，就像这里人不知道她要去的地方，认为是乌托之邦一样，索性把自己当作失踪人物报销了，那又该怎么办呢？

这片陌生的土地，什么事都能发生，越想越慌，怀宁打住自己，勉强收拾情绪，准备休息。

寒气彻骨，连大衣和鞋子都不脱，怀宁盖上床尾折着的棉被。一股发油味冲上来，她连忙起身，脱下一件衣服，包了被头再试着入睡。

通宵的麻将声，似乎就在对门或隔邻，忽远忽近时强时弱，像阵阵的冲锋陷阵，还是水浪击打着船板，她多么希望它就是河水在击打着船板的声音。

大火焚烧树林，众兽奔逃，烟呛味刺鼻。用力扇着棉被，得把火弄熄了，得把火弄熄灭了，努力地扇着扇着，火烟冲鼻，一点用也没有。从梦恍中她惊醒过来，放弃睡的努力，蜷伏在床边，等待墙上渐渐现出一块灰白的窗光。

清晨，第一和唯一的一件事就是设法去临庄。匆匆下楼，怀宁看见柜台后边坐着的却是和昨夜不同的另一个男人，不免在心中暗暗叫急，这下少不得又要纠缠在有和无上。

"我们自然是清楚的。"果然如此，态度还更坚决。

"你既然不信，我们可以翻张地图来看。"男子说，拉开身前桌子的抽屉，哗哗地翻找，终于找到一张破旧的地图，再左折右弄，把地图勉强固定到一个部位后摊平在桌上，然后他站起来，用一根量尺像总司令指挥战局一样地比画起地图来，"我们周围五百里和什么水道都不沾边，老实说，这也是我们经济上虽然全力以赴，还是追不上其他县城的主要原因。"

的确，何止是一百里，是在千万里以外，那条河，本来是应该载负着自己的，却离得更远了。

"这是正确的地图吗？你确定没错？"怀宁问。

对方露出不快的神情，"就是地图有错，我们这里生这里长的，能错吗？老实说，地图是拿来给你们看的，我们可不需要什么地图的。"

如果就此困在这里，再也出不去，什么人都不知情，和外边的世界隔绝，一辈子下去，被当作失踪人口，不见了——就是知道不可能糟到这一步，怀宁也不免被自己吓到了全身发冷。

事情发展到这一步，有没有河已经不重要，理论听多了只会叫人更惶然，必须想办法，必须想出办法，她对自己说，必须尽快想出办法来离开这里。

早晨到来，式样一律的栋栋灰色水泥房子从昨夜的昏暗里现身，靠着路人的指点，她再来到市集。摊位已经开始布置了，人人都在忙，怀宁留意每个人的容貌，努力寻找，一遇到有点熟悉的就直奔上前。几个弯转以后，她再看见昨夜指引的妇人，正伏在地上扯接着不知从哪儿伸出来的电线。

灯接上了，一时把妇人的脸照得通黄，两小点黑眼珠闪着动物眼睛的光亮。

"大娘，对不起。"

"嗨，可不是昨天见到的姑娘吗?"妇人站起来，笑着说，"还在这里哪?"

多么亲切的脸，多么可爱的眼睛和笑容哪，茫茫世界出现了亲人，怀宁勉强松了口气。

"不要急，"妇人说，"我们一起来想个办法。"

回船不可能，无他船可换搭，各种与河有关的法子都不存在，得考虑从陆上追。

"你要去的那地方，究竟有多远?"妇人问。

如果一切顺利，第二天的一清早就能到达临庄，马怀宁记起来吴蔚曾经这么跟她说过。

"那么真是不远的了，就估计它有四五个或六七个钟头的路程吧。不过——"妇人迟疑，"你要去的地方，究竟叫作什么来着?"

怀宁把旅行社的票据拿出来，找到书写了目的地的一行——填写的是罗马拼音而非汉字。妇人就着怀宁的手看了看，"嗯，这就可难说了。""不过，叫什么其实都不要紧，"妇人说，"只要你去得了下一站就行了。"

"能吗？"

"什么不能的？把钱备着就好。"妇人笑起来，"这样吧，今天我摊子不摆了，带你跑，付我一天陪同的钱，可好？"立刻获得了同意。

"我们这就去县委会吧。"妇人说。

妇人带着她走了一阵，在一栋水泥楼房前停下来，怀宁抬头，发现又站在了昨夜的旅社前。

男子看她进来，露出崭新的笑容欢迎。由妇人重新介绍，原来男子身为旅社经理的同时也是县代表，而旅社同时也是县办公室。

"你方才急忙忙走了出去，我也就没能把话说完。"男子笑着说，"老实说，不只是你说的河我们不知道，往东南西北去的下个县城虽然是我们的邻乡，是不是就是你说你要去的临庄、零庄、林庄，或另庄，我们也不清楚。不过他们的确临河，门路多，比我们这里发展得好，你到了那里，至少容易找到归队的法子。"

"同志，还是请你派辆车吧。"妇人接过话。

"嗯——"男子迟疑，脸上露出难色，"临时找车极不容易——"

妇人忙说："可以先付车费的。"

男子似乎不为所动，依旧不急，"这不是费用的问题，你是外侨，我们有招待的责任，一定要让你宾至如归，充分享受到本地乡土人民的热情，有个愉快的旅程。"

"同志你说得可真一点也不错，你看，昨晚上不是一打门就开了吗？这不是特别照顾了吗？"妇人说，"县委会办事的效率是没人不夸的，大家这会都能翻两番，不就全靠指导您的调动机能吗？"

男子依旧意定气闲，"这可不是我邀功，关于这现状条件发起提高套配规划问题——"

两人开始一来一往，好像面对了广大的听众一般叨叨滔滔地宣讲起来，怀宁听得脑际一片空茫。双方在口舌上都获得满足后，对话告一段落，男人答应打个电话试试，起身进去柜台后边的房间。

"有我说着，多少节省一点。"妇人小声说。"是的是的。"怀宁忙道谢。

男子从窄门出来，脸上露着愉快的笑容，"你的运气还真不错，正好有辆车去那边取货，勉强说动了司机。"怀宁又一谢再谢。

天色已晚，说定明天一大早出发。妇人临去前叮嘱，无论去的是不是要去的地方，都别管，明早尽快上车再说。

事情总算稍入轨道，怀宁这回遵守吴蔚先前的警告，不再走动，直接回到旅馆，把它权充为乱水中的安全岛。

情绪暂时稳定，精神骤然放松，倒一下子疲惫了起来，只想躺下来休息。杯里的温开水还是自己去要来的，县委所说的对外客的款待还没见哪处落了实。无论如何，早些上床，以备明天的车行吧。

隔墙洗牌的声音颤动着床架，生出催眠的效果，竟就这么和衣睡着了。

怀宁，叫唤的声音，怀宁。

努力张开眼皮，寻找唤声的方向，却看见父亲站在床边，她吃了一惊，慌忙坐起来。

是的，怀宁，是我，将军说。

见到父亲，怀宁满是委屈，"叫我去临庄，在哪里呢？怎么去呢？真有这地方吗？”

他们没听过，或者地图没画上，并不表示就不存在呀，将军安慰怀宁，别以为世界都跟你想的一样，你觉得对，别人觉得错，你相信有，别人不相信有，都是一样偏执呢。

“可是地图上没有，这里的人都不知道，我又没来过，怎么个去法呢，它到底存在吗？”

“怀宁，你可忘了我跟你说的一件事了。”将军说。

努力回想——在说过的一一的事物中，哪一件最关紧要呢？

——必须耐心等待月亮出现，还得估计它能一连照上几个晚上，你能信赖的，莫非就是月光了。

“不错，不错，”将军呵呵笑起来，“跟你说过的事，倒也还能记得一两样。”

被笑声惊醒，自己原来仍和衣斜坐在床头，她连忙起身，拿起桌上的杯子，水早已冰凉。顺手推开了窗缝，一股冷风窜扑在脸上。里外温度相差并不多，她索性开了窗。

天地一片混沌，哪有月光的可能性呢。

两天两夜的折腾，终于续上给打断了的路程。司机钱晶是个颇壮实的年轻女子，看来爽直，动作也很利落，怀宁强打起精神。到底是表示了礼数，县委嘱咐膳食那边送过来两个饭盒，还叮嘱司机加满汽油和水，带着备油和备胎，一路当心，送她们上了路。

梦魇的来去都一样突然和不可思议，努力去寻求解释只会使事情越发迷离，唯一能对付它的办法就是把它甩去脑后。是的，既然现在已经就要出发，前一时的种种都不必去理会了。

不过，坐上了车怀宁又忧愁起来，自己是在正确的路上吗？不是一再被提醒，现在去的地方未必就是要去的地方？如果车开到的是另一处陌生的土地，那又该怎么办呢？怀宁记起地摊妇人的忠告——上路最要紧，其他不必讲，走一步算一步——是的，上路再说吧。

司机小钱一边开车，一边从车座旁边摸出一个烧饼递给怀宁，怀宁说已经吃过了，谢了她。小钱拿回来自己咬了一大口，"野地上没人没车，我们尽可快。"她说。

路面高低不平，车速一快就颠簸得厉害，转弯的地方尤其险，窗外车轮边就是陡直的悬壁，铁青色一路刷下去谷底。

"慢点。"怀宁说，两手抓紧了扶手，试着稳定就要顺着弧线抛出去的身子。

"别怕，"司机说，"这条路我熟。"

除了时时因车速太快而有颠翻的趋势，小钱技术实在不错。中午她们停在一块平地上，就在车里吃了午饭，附近舒展了一下久坐的筋骨，稍后又上路。

车行继续，景色平兀，从船上看见的远远的山岳，现在走在它们的中间，景象比遥望更萧索。时间混沌，空间无界，荒芜是这样的巨大，不必吞噬，你就从肉体到精神都自动缴械，送进它的口里。

用手肘撑着窗缘提着精神，眼皮却沉重起来，勉强支撑了一阵后终究是合上了。

黑暗的水，无数的手臂，翻涌着摇晃着，她惊醒过来——

世界改变了，黑漆一片，是晚上了么？

"可真睡了一觉！"钱晶转过头来说，"我们已经在林子里了。"

坡原消失，取代的是树林森森包围，窗玻璃上黑黝一片看不见外景，黑底映出的是自己的颜面，和树影一样的郁暗陌生。

"奇怪——"司机突然在嘴边说，车速慢了下来，"不太像呢。"

恐惧骤然翻新，怀宁坐直身子。怎么又不对了呢？她的思路迅速跳到平日的听闻，拦路绑架抢劫之类，难道这小钱也是？瞌睡的昏沉扫空，她全醒了过来。

嘿——司机张望，"嘿——树林应该只有一条路的。"

不要说在无人的荒野中，这一整片的国土上是随时随地都有人打杀作案，而后又没有人理会追究的。

"嗯——"司机沉吟，"看起来很像，看起来又很不像。""难道是开了另一路，还是旧路翻修了？"

"这可难说。"司机回答。

如果就这样遇到歹徒，被完结在林中，那可不值得——

"这可难说。"对方呵呵笑起来。爽快的地方原来全是狡诈，怀宁的心跳到口中，手掌发凉。

引擎轧轧，除此以外听不见别的声音，高灯只能照出二三十尺的前距，其余都落在黑影里，树干挥舞着枯白的手臂迎面拦击，被车灯从中间劈成两排，不情愿地闪退开，高举手臂在车后又聚成一片，无声地追喊上来，枝丫搔刮着窗玻璃，发出裂发的声音。

"快开！"怀宁催促。

"只是一个树林，怕什么。"司机回答。

快开快开！怀宁催促。

车速直线上升，四个轮子飞奔，枝丫迎面冲来，击打到窗玻璃上，直劈刺在脸上。

是的，撤退的队伍在树林中遇到了埋伏，一场胜算在握的战役开始时受到诅咒，结尾时又被改动了预定的结局。

这散布着水沼的树林是最后一关，之前的战役你一一都惨败，然而只要你通过这里，一切都能转危为安获得新生。这一片树林是你的家乡，是你常狩猎的地方，何等的熟悉亲切，就是黑暗得不见面目，脚下每寸土地都应该是善意的，可以信赖的。何况你有约在先，救援就在前边迎接你。

然而空秃的枝干密立成剑戈刀枪，现在排列出阴狠又冷峻的阵势，变成了层层重重的杀手，竟是将你反置在被猎的位置，要来夺取你的性命。每一棵树都熟知你，知道你的致命点，现在它们举起刀臂逼近，在彻底的黑暗中非常清楚你的位置和举动，你只感觉到它们是如何准确又锐利地击向你的头脸，划开你的皮肉，分裂开你的肢体。

究竟是谁，藏匿在这最后的一站，要来终结你？是乘胜追击的敌方？背信的友军？还是储意复仇的乡亲？这埋伏你的人是敌还是友？

树林不再是纯洁的自然环境、温馨的家园，它已蜕变成仇敌、妖魔，据占在死与生的分界线上，强留你在这一边，你走进魔障落入它的咒语，现在它呼吸沉重，紧逼前来，要决裁你的命运。你奋力尝试逃脱，上身往前抛，臂膀往前伸，可是脚却陷在泥里，紧紧被吸住，啊，你从脚到头都已经紧紧被泥泞裹住和拖住了，和你一样坚决的泥沼要和你像劲敌挚友袍泽爱人一样同归于尽。

快开快开，怀宁催促。

再快不了了，小钱说。

快开快开快开！怀宁催促。

你必须通过考验，只有你一个人知道埋伏曾经发生，并且知晓它的过程，只有你是目击能澄清事件，别无选择你必须通过树林。

快开快开快开！

眼前终于出现一道青光，就以它为唯一的希望吧，现在车子紧绷所有力气，向它奔去。靠着不怕迷路也不怕密林的小钱，她们两人到底是挣脱了树林的纠缠，开出了险境。

杳遥的前程出现了昏朦的夕光，后路已在尾烟中逐渐退后，怀宁回头，看见黑郁又庞大的树林蹲踞在不断拉远的距离中，像是一位放弃追赶的巨兽，在空旷的虚无中被自己逐渐吞噬，消失在遗忘里。

就到了，小钱说。

不用提醒她也知道目标在望而且确知它的名称，因为，当她转过头来面对前景时，她看见初夜的青空中，不知什么时候已经升上了一轮月亮。

车速减慢，苍穹迤逦无限，月光下从地平线逐渐升起城市，瓦檐闪烁着如银如水、如古青瓷的光芒，升起了马至尧将军一生心魂牵萦的城市，临庄。

四、所有认知过程都是忧郁的
（M. Proust，1871—1922）

白昼渐渐从晨霭中醒来，船向前航行，在波光的河面划出如鳞如羽的细纹。怀宁靠着船边站稳了脚，瓷罐倾斜在一个合适的角度，双手紧握着瓷罐，保持了这样的姿势，让灰从罐里均匀而持续地倾出。

衬托在曦光中灰透亮了，金粉一样洒落和洒落，随着缓慢前进的船速，洒落在粼粼闪烁的江面，直到全部都尽了，完成了对父亲的承诺。

河景逐渐开阔，水天一色，在旭光中从田野、公路、电杆、楼宇、房舍，回到颜色、嗅觉、味觉、触觉，和光影的世界，与叙述里的城市重新叠合，再进入故事。

果然将军如约前来，却是少年的容貌，一身戎装飒爽，肩带斜过前胸挺拔地系在腰际，雪白色手套，及膝的长马靴，正是照片里的英姿。

总算是看见了？

看见了。

相信了？

相信了。

那么，将军笑着说，可以告诉你故事的其余了。

1. 百重岗之战

一九四八年十一月，战争来到最后的总决战，胜负悬于恫川流域，是的，就像你在地图上见到的，这一线水域东薄江湖，南入海洋，西出峻岭，北上岩漠，绾握各方要道，守得住，压制对手在北岸，能保住半壁江山，也能让转移岛屿的行动获得充分的时间；守不住，对手渡江跃进南方，直逼中央，山河便将变色。

百重岗群山怀抱，沟壑纵横，崮崮相连，盘踞在坡原之上，密林河川护卫屏障，形成自然的防御重点，易守难攻，这是古来的兵家必争之地，此时的联络线上的枢纽，总战部下令马至尧将军率第八兵团向百重岗转进，守备山岭，一方面因为将军剿匪以来屡建殊勋，一方面因为将军熟知当地地形人情，这里是他的家乡。

将军推算对方兵力庞大，民工素质虽然参差不齐，但是动辄以万计，且有强有力的后勤保障，不可忽视。他的部队是重械队，平地上千军万马都能应付，进入山区作战不能施展是个考虑。然而将军身为捍卫国家效忠领袖的忠贞军人，中枢要他去哪里他就去哪里，何况这一战的成败将严重影响其他战局，是将军过人的沉稳作风受到了重视才被点名受任的，这般得到领袖的嘉赏，将军除感激外自不作二想。南方大势紧急，临危受任，将军心中其实颇感到骄傲，是的，芸芸诸将之间，除了他，谁能、谁敢承担这一任务的呢？想到自己拥有训练有素打过硬仗的劲旅、机械化现代装备，战势上具有居高临下的优势，何况各脉友军隔山相望，都在几个小时的救援里程内，将军对胜利充满了坚强的斗志和必胜的信念。

善用奇兵的将军这次使用的策略是，据守山岗以自己为吊饵，吸引对手野战部队集合兵力来环打，这时由邻近第七军团东下从对手背后进行阻击，第九军团从西南跟上应合，前后火线夹击，中央爆出火花，就能歼灭对手一支最主要的兵力。

这招险计只有将军敢想，也只有将军敢做，但是成功系于一个条件，是的，他必须能做持久战，而友军必须能如时或及时赶到，否则就会成为瓮中之鳖，后果不堪设想。

将军摆出这棋子，隐隐也感到险，暗自留下一个退路，如果情况不利，撤至十里外的临庄，在多条水渠通向南方的临庄，他可以有一条生路。

将军已先令亲信侍卫队长率子弟兵骑兵队千名驻守临庄，随时应变迎接。从山岗背掖小径撤退和骑兵队会合，沿水道南驰，对手不明水路必不敢贸然尾追，就可以重归大军转危为安。

将军令辎重营留守，不带重械，带迫击炮、轻重机枪等，骡马等，率队向百重岗进发，人马种种都拉拔到山岭后，迅速排兵列阵，展开防守工事。

不出所料，对手果然汇集东南地区各路兵力前来，发动主力纵队，目标是要用最快的时间杜绝将军的外围援进，把他孤立起来，彻底消灭他。

第一轮攻势开始，对方放出民工和士兵的混合打阵，瞬间一批批穿百姓衣服的和穿军服的蜂拥上来，快速迂回穿插，一心要岔切将军与外的连接。将军这边随即应战，先用密集炮火炸轰对方冲锋阵线，再用榴弹、重机枪等扫射其余。

　　盖地铺天前仆后继只见人众奔跑翻腾攀爬在原野山坡，密密麻麻，不见天空地面不断涌上来涌上来，放眼望去遍地皆是人，视线所及满山满坡满谷皆是人，无止无休无尽，人类为虫仔为草芥再没有这样惨烈的规模了。

　　对方冲锋兵不断密集上前，专为消耗这边的弹药，继之开动主力部队才是正式开打。将军集中精良武器和药弹，骤雷急雨般轰出去，山面弹孔密布，岩石爆裂成碎片，一块都不能幸免，炮声枪声呐喊声，漫天的烟硝，铺地的火光，一波接一波像暴风雨中的波涛和草浪，覆倒又翻起，翻起又覆倒，伤者亡者很快积累，好像地面一下子涌起了新丘陵，这里那里都冒出了新土垛。

　　对方不惜牺牲剧烈，压缩速度和决战勇气都令人吃惊，将军一面应战，一面急催第七军照计划驰进，向第九军发电要求立刻启动后备增援，急电剿总部请火速促令各军开拔围进敌后。

　　战事变化倏忽，将军不知道，还没来得及知道，不过两天第八军在对手迂回袭击下已经自顾不暇，仅能保有原来阵地，无力出击救援了。而第七军这边，对方内线埋伏早已掌控情报，善于偷袭的对方得知兵力秘密转移，乘隙突击总部，开拔路上的第七军受令回调保卫，颇有损伤，团总急于自保而径自放弃合剿方案，也不能过来照顾了。

身历百战的将军深知战局不测在分秒间，并不惊慌，一边严守岩顶，维持多重炮击线，用火网控制住前沿阵地，把对手兵力制约在坡底，一边频频急电总战部。回电强调固守勿动，等待助援，将军也明白，只要自己奋守下去，把南线一半以上的对手兵力牵制在这里，南方战场其他人都能趁机喘口气，重新布局另做打算，将军为牺牲准备着，就是要用他来制衡早已出现颓象的大局，他也是慨然接受的。

日夜激战，血流染遍山岗，牺牲空前残烈。强大火力暂时遏制了对方的攻势，却也消耗了大量的弹药，而趁看不见的夜里，善打隐晦战的对手在荒石草隙间摸索往上移动已经蚕食到坡麓。

势态出现逆转，现在一方比的是耐力，一方追赶的是速度，对手在外线可以主动运用时间和空间，灵活有效地进行补整和攻击，将军这边在内线应战，居高临下的优势现在反成为危据山头的劣势，而隔山相望几乎能望见彼此

脸目的友军们，似乎各有心事各怀打算，救援只在电报的
咄咄声势上，那该出现的兵队却是望穿秋水，不见对方的
踪影。将军的主力军这时和附近支援军部队已经分割，而
对战两方的距离却越来越接近了。

　　十一月的辋川水域，指挥部的岩壁都封上了一层冰，
室内比地窖还冷，令人不能闭眼休歇。苦候的将军明白这
仗一旦打长，越对自己不利，善打游击战的对手能靠当地
的人力物资就地整休而致战力持久不懈，自己这边拼后勤
靠的是铁路和飞机，铁路自然到不了山上，而此刻飞机空
投次数和投量都跟不上需求。回避对手高射炮火飞机不敢
低飞，两军战场相距太近而空投场有限，不少物资都误投
去了对方军营，补整方面将军这边已经濒临衰竭了。没有
水源的问题这时也严重起来，士兵饮水中断，轻重机枪管
的水冷筒里无水可加，不能冷却而连续射击，精良武器失
去功能形同废置。

　　态势继续坏下去，将军想，与其等对手攻上山岭，坐
以待毙，不如趁他们尚未立足的时际扭转被动为主动，突
围出去。总战部不再坚持遥制，令将军当机决策，立付实
行，然而将军也明白，只靠手榴弹和冲锋枪从山顶往下冲

是一条血路，这下下策不到最后是不得轻易执行的。

　　这时突然收到第十军的电讯，通知已派出一旅人马从右翼进援。将军以为援军到底是来了，迅速调出相应兵力引动右侧对手，要和援军里外合阵并肩一鼓作气打出个缺口来，但是援队始终不见现身，而自己的应接队伍却是有去无回全数牺牲了。

　　变化突兀，军令模棱，进退两难，情况暧昧诡急，鏖战不过三天三夜，坐拥重兵的将军已成为独守山头的孤军。他不得不痛下决心，命部属率领小队各自相机行动，尝试突围，然而对手不知怎的又是先知道了动机，迅速调集火力兵力围堵，越发箍紧了口袋。拉扯了数回而不成，封锁线始终不能破，双方牺牲都很巨大。

　　这时候，最令人担心的冬雪，准时又雍容地下起来了。

　　雪越下越大，日以继夜，一尺外的头脸都看不见了，攻防两方都暂停。衣食匮缺，士兵们把能有的衣服都穿上了身，衣上加衣，白天晚上都不脱，臃肿地窝踞在战壕里像冬眠的野兽。饥寒造成的颓势并不下于弹炮造成的，不过雪水倒是解决了没水的问题。

　　四周诡异地静下来，世界凝结在紧张而冷肃的气氛中，除了发报机嗡嗡地响着。铅沉的天地，苍秃的丘原，冷漠的岩石，阴郁的森林，壕沟纵横像深切的割痕，堆堆土垛蹲伏着像披着黑衣的幽灵。峭寒彻骨，士兵背靠背缩卷而坐，用彼此的身体来抵御寒冷。皮肉一块块冻僵了，手指脚趾绽开了口，瘀红色的血纹龟裂了干瘠的皮肤。

　　雪不停地下着，空投停止，粮食罄尽，士兵们开始杀骡马，堡垒这边生起了火堆，烤肉的香味弥漫在寒冷的空气中。冬天家里的庭院也总是架起一炉这样热烘的炭火的，他记起节日时辰炉火旁的忙碌和丰腴。现在这堆火边围着的士兵们，还没来得及洗去身上抗战的硝烟味，又被送上了内战的战场，这些年轻的士兵，有的还只是十来岁的孩子呢，都是父母生的，多少出生入死，多少埋骨沙场，都回不了家了。不过饿成青草色的一张张的脸给火一烤，倒又都红润起来，期待着烤肉入口的脸上又都现出了无知的快乐笑容，跳跃的火光之前竟有了几分节日的景象了。这雪一止，对方发动总攻击，就是死生的一搏，短暂地快乐一会吧，将军倒希望这雪下不停了。

2. 雪花

时大时小，日以继夜，在空中挈划着或密或疏的白色线条的雪，没有终止的趋势。很多年以后，当将军坐在长安里的回廊的藤椅中，回想这一场十天的雪，到底是给他带来了危机还是转机，害了他还是救了他，给他下出了死，还是生，依旧是让他思索的问题。

行动停止，世界宁静，时空凝聚，又是记忆蠢蠢欲动在镇压的托塔下，我们来到前述尚未澄清的一个节落，如你猜测，第一夫人的出走。

是的，正是在开拔千重岗的前夕，夫人离家出走了。

要弄清楚这回事，我们不得不从另件事说起。两件或许并无关联却接踵而至，几几乎摧毁了战争摧不毁的将军。

是这样的——

对第五军军长 C 将军的临阵变节，将军持有不同的看法。时局混乱人心惶惶，立场路线策略等等都难以厘定，C 将军必定是听信误导一时判断错误，并不是真有背叛的意思，将军是这么认为的。这位黄埔同期袍泽，将军非常了解，是个忠心耿耿、在战场上不要命的人，因此当他在投敌前夕密劝将军一同行动时，将军还反过来相劝，要他别做出后悔莫及的事。

对方如此信任自己而托以生死秘密，他倒宁愿瞒着他什么都不告诉的好。这一知道，把他放入险峻的道德天平上，无论倾去哪一端，都是大灾难。

阵前异动牵涉重大，如果不能立即遏阻，对个人对整体后果都不堪想象；隐情不报，罪等同，一并惩罚是两失的局面。如果两人的密谈被人知晓被误解谤毁，那么厄运更是会转来自己的头上。

C将军走后将军长夜思索，心中明白，就算领袖一向如何赏识他且引以为左右手，此刻局势如何依赖着他，是不会听他说什么的，而他自己也是在权谋和实利的高缆上忖度着事物的。

将军不眠，熬到了天亮，决定上报。

将军恳求领袖特赦，敕令C将军与自己共赴战场并肩作战，将功抵罪，愿意以自己的性命来保证C将军的忠诚。这一番无用的话领袖当面同意他并不感到意外，他也不感到意外当第二天正法的消息传来时。

然而将军觉得当胸自己也中了一枪，嗒然若失。老友的命运在他本人拿定主意时就已经裁决，他救不了他，挽不回什么局面的，但是那夜晚的密谈他却可以当它不曾发生，听到了的可以选择不去记住，由别人去做通报这件事的。然而做了的是他。

他的身心刹时空洞起来，内疚像黑雾一样地席卷过来。

紧接而来夫人不告而别。

他早就知道她是民青的一员，没有说穿反而暗暗掩护着她。只是学生活动并不严重，何况她也是个主意倔强的人，等到了合适的机会再好好规劝吧，将军是这么打算的。没料到事情远比想象的严重，趁着他少有的心神失常，夫人倒是领先行动，令他措手不及。

这样暗中策划不告而别，把他摒除在外，最令他不堪了，一个军人最不能接受的就是欺瞒背叛了，何况还是枕边人。被掏空的身心倒像是专为等暴生的怒气来填满。就走在同一天，是利用自己精神的空当，知道自己不及管到她吗？是出于早就藏在心中的想法，因正法一事突然做出了决定？也许……可能……是的，她必定是在想，既然能暴露生死与共的袍泽，那么妻子迟早也一样可以交送出去的，或者……是的，她在想，解决了一个同袍以后就要来对付她了，于是对他生出了戒心，害怕起来，不得不仓促采取行动？或者，也许是因为鄙视他的做法而临时决定离开他？如果不曾发生前一事，会发生这第二件事？第二件事是第一件事的惩罚？或许不是的，应该不是的，如果早就拿定了主意，走不走只是时间问题的。可是这样不露一点端倪地隐瞒着，不留任何讨论的机会商量的余地，难道是因为，是因为眼见自己牵涉千万人性命，与其说出真情，把他又推入选择的深渊，不如不说，由自己承担了——难道她是体念着他的辛苦，其实这样在为他着想？

将军颓然在纷沓的推测中，不动声色，血脉在内里偾张，心火把脸燃成了铁青。好好的一个女子，他咬牙切齿，要去沾惹什么混账的政治！失控的时代，愚蠢的理想主义者，以为正义都在你们这边吗？一批不知天高地厚死活的学生，以为你们的行动可以拯救国家？

在咎责愤怒猜疑之间来回撞击，将军辗转反侧，表面不动声色，痛苦咬啮着，都放在心里。他一句话也不说，脸黑沉下来，面容越显得嶙峭，周围人都为他担心了。然而这岂是容得了私情的时候？这是每天重大事件不知有多少的时代，这一分钟发生下一分钟就有更大的涌来，如此应接不及，件件都变成了日常琐闻，口中传送的飞言蜚语。

身为征战中的一国之将，一思一念一举一动都是江山性命，久历沙场的将军很明白，自己的身份是什么情况都不可困惑、不可纠缠、不可在意、不可情长的，除了战役和战役。

转移百重岗令到，将军挣脱缠磨他的妖魔，精神全数投向了战役。

既然自己的世界崩溃了，那么，就去迎接那更大的世界的崩溃吧。

空气中的火药味被雪滤除了，夜变得轻盈起来，没有了喧嚣声，战争暂时隐去了远方。戎马生活是这样的匆惚，将军的心的底层其实对厮杀已经有点疲倦了，端靠着每次再临场而再振奋的。等战争过去，他总是这么想，等战争过去了，他们可以一起脱离这环境，回去家乡还是去住在什么喜欢的地方，她一直喜欢多水的南方，或者找一个考察的理由一同到国外走一趟，离开这残缺的国土。到外边去，看看外边的世界，他早就想跟她说，告诉她这一个个的计划的。

战争接着战争，战争占据了所有的时间和精力，落失了各种期望，截断了人间关系，切割了年华青春。

冷空气中有一股夜的精神，那是终于等到属于自己的时间，夜释放出了力量。

夏天的夜晚，她喜欢在前襟别一簇晚香玉，就是萎了取下来，人还是隐隐的香。空气中弥漫着抗战胜利的欣喜，民族出现生机，国家重新出发，人民的生活将重新开启，他们会有个安适的家，再生几个孩子，他一直想办一所学校，她是大学生，能教书的。

他把木板桌面整出一块地方，煤油灯的荧荧火点移过来，坐下在凳上，摊平纸，拿出前襟口袋里的派克笔。用口气呵着笔杆的时间两句诗出现了在脑际——回看射雕处，千里暮云平——谁的诗？啊，是的，王维的诗，自己一直很喜欢的《观猎》呢，能背出全部的。开始第一句是什么？他往回记，是很久以前背的了，那时候，那是承平的时候，一段短暂的美好时光，革命告一段落，北伐尚待开始，大家的生活稍稍上了点轨道，对未来都充满了希望。

他把木凳挪近桌面，提直了腰脊，拿正了笔，小时候背诵的东西是一辈子都不会忘记的。

现在还有回看射雕的机会么？在空无一人的黝黯又寒冷的碉洞，将军冷冷笑起来。然而钢笔用得像毛笔一样不苟，两句十字的笔锋就透出了书法的遒劲。

他开始写信，第一封给领袖——这是在写绝笔书了。

"临危受任，生死在须臾间，一息尚存，誓效忠到底——"

"守土，乃军人天职，忠志之士，忘身于外，地不能守，唯生是问——"

第二封给属下及士兵——

"历经百战的好汉们，你们都是我同甘共苦生死与共的弟兄——"

夜色逐渐淡了，两封信写好的时候，窗外已经朦胧现出了天光。他把信谨慎地放进信封，密封好，由战争切割的生活在两件信封内完结。

然后他写第三封信——

"爱妻——"

他其实不常写家书，也不善写的。每次出发他不一定都能先告诉她，也避免告诉她，不想跟她道别。和她在一起的时候他总是不说话的多，他是这么的不善于表达情感表露自己，不过他总觉得聪慧的她是知道他无言中的意思的。

能说些什么，要是开口，能说些什么呢，他所熟悉的，除了战争还是战争，生活只有战争。战场上惊险迭出，好戏连场，充满了声光激情，你一进入战场，就像登上戏台，不顾性命一味使出浑身力气演出戏码，万众也热烈地期待着你，然而出了场地，在战场以外的日常生活中，在这战事暂停而洞外雪花纷飞的静思的时间，将军深深觉得，自己和一个普通人一样的迟钝，一样的平庸，一样的乏善可陈。

他记起一些不应该做却做了，应该做但没有做，应该这样做不应该那样做的事，回想被自己蹉跎了的人间关系，轻忽了的共处时光，损伤了的爱情，在脑中寻觅夫人的影像，从来没有这样强烈地意识着她的存在，向往和她在一起，也和一个失去了爱人的普通人一样，彻骨地想念起她来。

　　他想到那一个空袭的夜晚，空洞的大厅，黑胶唱片兀自在留声机上旋转，转出女子细柔的带着点沙哑的歌声，窗帘晃动之间第一次遇见了她。他没想到的是，这二十世纪前半叶的光影声色跟随着他，以后又开启了他二十世纪后半叶的生活。

　　现在的此刻，她人在哪里？跟谁在一起？平安么？本应该是在家里好好等着他回来的，不是吗，倒是不见了，去到了哪里呢，信就是写好了，又能递送去哪里呢？虽然身在同一个国境同一块土地内，这左右一分就是天涯，再也见不到面了。

　　墨水冻了起来，他把笔管合在双手间，仍用口气呵着。雪花锉刷在窗外，十多天前知道她离家出走时的那怒火现在给雪锉得只剩下余烬，留着一缕细细的烟气，暖不了冻裂的手。他把笔搁在纸旁，深深吸了一口气，手上的暗红色的裂纹遇热，隐隐疼了起来。

　　里外都被雪遮住了，什么也看不见了，世界被雪抹除，窗框所见只有茫茫一片白，时光在空白上闪烁，人物的脸面亮起又隐灭，一幅幅一格格一帖帖，与雪花婆娑错过眼前。余烬熄灭了，化成悲哀，没有形相。墨水滴在纸上了，就由它晕开吧，从眼眶一路浸到了胸腔，再下来就又要结成冰了。

雪无声地下着，山丘和岩石，散落的攻防设备，炮车，壕沟，人体的丘垛，军帽，军衣，握在手中的机枪，扣着机扳的手指，数千的数万的生命，有名字的和没有名字的，有家的和没有家的，生的和死的，就此画下止号，覆盖在厚厚的雪毯下，如同静静地入眠了，眼前的现在看来更像隔世的遥远的记忆。死者以雪埋尸，伤者等死，生者绝望地抗抵着的时间，森林河川岩石无声无言，为人间的荒凉人类的愚蠢而哀悼，而悲怜。

他检查了一下腕表的时间，午夜三至五点的寅时，万物滋长的时间，最后一搏就要到来。他抽出配枪，扳开枪膛，重新上满子弹，扣回枪膛，金属擦碰发出清脆而决断的声响。

他走出碉洞，俯身握起一撮雪，在掌心捏紧了，使劲摩擦着自己的脸侧，不断不断地用力摩擦，把雪块紧贴在太阳穴，一心让冰寒直达脑心，使神经麻木，就可以再谋策再厮杀。这是一场拖泥带水混淆暧昧自我相残的战争，这战是打不了的，他心里明白，她其实比他聪明得多。

低低横扫过地平线有一片青光，那是雪霁的消息，遥远什么地方雪已经停了。

拂晓，天空没有云，出奇的干净，整片青色凛冽抹过如刀片划过。

讯号弹升空，爆出锐利的火花，宣告战役再开始，对方完成补备已压迫在山头，再度扑卷前来，轻重武器齐发如急风乱雨，炮枪火力震开天幕，刺耳的冲锋军号，沸腾的呐喊，杀声震野，双方倾力尽出，榴弹刺刀血肉搏杀。子弟兵枵腹应战，损失殆尽。

持续了十五个小时，百重岗陷落，将军身边只余十七人。

破坏重器械，摧毁电台、联络机，在如血的残阳中，一行人携冲锋枪从掖路南撤，准备和自家骑兵队会合。

经过树林时遇到了埋伏。

我们究竟得把"暴乱造反朝圣"等，"清乡剿匪护国解放戡乱革命"等等，放在一起说了。

如果你还记得，我们故事一开始时提到的，临庄百姓认为每三百年圣像和盛世就会复临人间的事么？啊，是的，大战进行得炽烈，而人民没有一天不期盼着的那三百年后，终究是再来临了。

乡中的耆老智者们慎重礼诰了天地，贞占出年底的吉日，于是人们从开春起就高兴地准备着，到底是等到这一天了。

村寨房舍都收拾干净，换上祖传的贵重衣服，女子戴上美丽的银冠，捧着香花和供品，男子拿着铜鼓唢呐芦笙海螺等，从不同的方向和住处欢欢喜喜结伴成队入了林，人数从千到万后来说法不等，在屠杀的队伍朝向他们迈进的时间，正在树林中相互问候祝贺，举行着七天七夜的欢庆呢。

他们设置祭坛，悬挂诸神肖像，供奉酒食祭品，祷祝祖先的功德，追念先烈们的英雄事迹，赞美和感谢，鸣火枪，放鞭炮，各种乐器齐声伴奏，一边歌唱一边牵手联袂跳舞，一一经过了和赞、焚褚、祭爵、请圣、谢圣等的严肃的仪式来表达虔诚的心意，并不因战争而疏失了哪一节步骤。

前边已经说过，大决斗时间这一带动静都在严密观察中，总部获得人众聚集山林的情报，对方意图不明动向不明，没有时间厘清情况，电令将军在转移百重岗路程中尽快一并处理。

　　将军责无旁贷，领军朝树林进发，身心沉甸甸担负着前述诸事带给他的冲击。离正道不远的树林正是和平时日的狩猎所在，而此刻手中的猎物也并不稀奇。将军率队抄捷径涉泥淖进入树林，果然看见异常骚动。士兵立刻排开阵式，从三面匍匐包抄围进，不给对方逃脱的空隙。先用杀伤力最好的迫击炮发动攻袭，继之以强榴弹轰炸，轻重机枪扫射，步枪刺刀等砍杀——进袭、猛扑、防堵、截击，一节节战斗程序执行得也并不轻忽。将军下令全数歼灭，不到一个时辰达成任务，昭现了乡人再一次覆没的预言。

　　然后将军领兵急奔百重岗，在就来的未来，面对他自己的覆没的命运。

3. 林沼

　　那么，埋伏者到底是谁？是已经控制了林沼的对手？布下暗算以消灭口实的友军？还是急于复仇的本地乡民？是受到了对手的包围，还是落入了友方的陷阱？我们仍旧被这些事情困扰着。

　　让我们再回来原时间和原地点——

现在百重岗南向掖径上将军一行轻装简行兼程，切盼在视线完全失去前通过树林。

只要通过林沼，临庄在望，就能重获安全。

树木阴沉地合拢起来，包围过来，黑暗攫取一切，将军叮嘱众人自行为战，各找生路，一切以存活为重。

瞬间每人都被封锁在孤立的状态，和其余隔断了关联，身边没有一件实体，脚下踏不到一块实地，没有了友伴，没有了接应，黑暗连影子都吞没了，伸手连自己都摸不着了，这么彻底的虚妄和黑暗，只能在雪沉的泥泞里各自盲目地摸索前路。

就在这时，枪声突然大响，子弹咻咻窜来头耳边，将军立即匍匐在地，手脸都贴去泥泞，在透彻的黑暗中试着辨分枪声的来向和距离。

视觉失去，听觉却更灵敏，子弹噼啪爆裂像节日的密集爆竹，弹头在林中奔驰穿梭呼啸出刺耳的尾音，树木中弹，秃枝戛然折断，迟钝地打在泥雪的表层，然后给吞咽着进去，发出食物卡在喉中的沉闷的嗝嗝声。没有人的声音。

人在哪里？谁中弹了、受伤了？谁陷进了泥淖？谁在竭力奔逃？谁侥幸突围了出去？

而将军呢，将军自己呢？他匍匐进泥泞，是的，枪声响起时希望就应声破灭了，他不再期待什么，放下搏斗的打算，沉下了心思，哎，身经百战的将军，甚至连逃生都不再想，他只静静地卷伏进泥泞里，好像卧入了睡眠，明白了，当你落入这么空妄虚幻、无能为力的处境，所有意志都是无力的，所有努力都是无效的，只能由它发生，以虚无来应付虚无，让淖泥紧紧掌控自己、掌控了地面，强使沦陷在上的一切都匍匐到它的里面，接受屈辱，也变成泥泞。

没有了存在，没有了空间和时间，只有泥泞和泥泞，一切都沦陷在不能挣扎的泥泞里，这一场战争，前一局瓦解了你的精神，这一局要吞啜你的身体，而且不会留下任何痕迹或证据。

枪声逐渐减少，不知过去了多久。

渐渐安静下来，不知过去了多久。

烟硝的气味消散，肉体腐烂的气味又弥漫上来，树林回到无知无识无关无系的日常神态，什么都不曾发生过，都不承认发生过。无论是暗算还是被暗算，是来自对手还是友军，同伴还是仇敌，应该是做还是不做，这样做还是那样做，这些种种让我们烦恼和追究不止的事项，哎，将军却是都不再放在心上了。

他什么也不再想、不去想，就这么耽湎在冰寒的泥雪里，感到了从来没有过的轻松，一种卸下任务，对谁和什么都不须再负责任的解脱和释放。

沉陷在没身的泥泞里，好像卧睡在家里的软床上——他第一次有家，还是夫人细心布置出的呢——裹着干净又蓬松的新婚的被褥，那里是多么的和平和安全，卧睡在她的身旁，蜷伏进她的身子里，在战争暂停的春天的夜晚，藏躲在那一个潜暗又密封的、柔软又温热的世界，贴身贴地偎抱着吮吸着，永远不想不要再出来。世上的幸福原就不持久不属于，现在安安稳稳地被裹挟在比死亡还寒冷的泥泞里，倒是一点都不在乎了，在放弃的昏酣中，任由树林和沼淖和夜，一味亲密地吞没了。

五、树杪百泉

叙述在这里停止，余音落入河的深底，说故事的人和听故事的人都沉默起来，一时很寂然。然后像从什么遥远的地方转回神来，将军恢复常态，笑着说：

"你这女娃儿，跟男孩一样好强呢。"

"不更好吗？"怀宁仍不服气。

将军拍拍女儿的头，安慰地笑着，"是的，更好。"

"不过，"将军说，"我得和你告别了。"

怀宁惊，"为什么？"

"你看，"将军指向岸，"因这桃花就要开了呢。"

不知什么时候船身已经靠近桃林的岸边，映着月色的坡地上，千万株桃树铺陈着银白色的枝干，累聚着饱满的花蕾，推展着俊秀的姿势，迤逦着如梦似幻的层次，等待着即将到来的春雨，就要绽放出一片胭脂红。

这是难逢的盛会，可不能错过的。

将军并脚，马刺铿锵，向怀宁行了漂亮的军礼，展齿而笑，一转身，斗篷飞扬，掀出金色的缎里。

怀宁拉长视线，努力追随背影消失的方向，却在遥遥的江面看见出现一个白点，往这边移动过来。

一只巨大的白鸟，伸展着硕长的翅翼飞临。

什么鸟，航行在这夜的江面？

鹤吗？

不是，是鹭鸶。

一时翱翔，一时俯身低掠，随船滑行，怀宁一路从船尾追到船头。

如同依依的送别，还是殷勤的祝福，在头顶匝飞数回，从容滑过船身，两三声长啸拖迤着清脆的回音，以完美的姿势划出结束的休止号，消失在郁亮的天空。

轻烟从水上飘来，冥合两岸，形成夜的穹幕，完成了忧郁的认知过程。

夤夜，怀宁醒来，黑暗中听见河面脆响如碎银，下雨了。

林中夜雨，树杪白泉，山林一座座复活了，四周幽幽地香起。两岸传来禽兽的呼唤——是猿么？临近又遥远，悠长又清亮，一声续一声，在来回的回应和回音中，怀宁又睡着了。

雨静静打在黛青的屋瓦上，沿着瓦檐顺着滴漏，打在楼台旁的相思树上，打在青石台阶边的芭蕉叶上，响起了细细的为故事完结而起的掌声。你伸出手，一掌一掌的雨，细细打在掌心。

第二天早上醒来，枕边已经没有雨落在水上的声音，她听见的是风在吹，船板和窗框撞击，轻轻地碰响，然后她觉得风向自己吹来，觉得身体在风中展开，而风透彻地穿过她，继续向前吹去。

从她的视野可以望及的方向，很遥远又很邻近的那座树林也被风吹开了，林木的华盖，从过去到现在到未来，有一片晶莹的光点等待着她醒来，不呈传说中的金黄，而是一种暖暖内含精彩的灰颜色，好像是月晕的凝聚还是繁星的窜聚。是的，它们在林顶穿梭飞跃，在枝叶间搓梭出飕飕的声响，然后如同一簇流星，一片月光，一截载负着月光的河水，以目眩的速度飞掠过林端，完成任务，消失在视觉的底线。

最后的积雪从树杪娑娑地落下，从生灵的手指撒下，撒在萌芽的桫椤，含苞的杜鹃，常青的藤蔓和苔藓，和一丛丛蔓延蔓延，蔓延到回廊底下和庭园地面的羊齿上。

楠木地板潮湿了，藤椅把手上的手掌滋润了，雨洗之后的青瓦比青瓷还溜亮，没有更浓妖、更艳丽的各式各样的绿颜色，现在重新又从前边的庭院里依偎过来了。

羊齿搓摩着细致的叶子，伸展婀娜的身姿，什么花的香味始终流连，哎，除了栀子以外还有什么花，能够这样忠心一路伴到尾的呢。

在风中轮廓摇摆，疆界移动。冲锋，陷阵，埋伏，暗算，背叛，弃离；水域，山岗，坡原，谷壑，沼淖，树林。

庭园，回廊，桫椤，茑萝，杜鹃，栀子，芙蓉，棕榈，紫荆，九重，橄榄，木棉，合欢，大王椰子，千层尤加利，继续不止地增长和扩充和汇聚，终究要交织出一片盛大丰美的绿颜色。

六、欢宴

从什么地方传来，这熟悉的香味？扶着 S 形的扶梯把手旋转着下楼，走过回廊这头的厢房，长长的穿堂，推开门。

香气迎面，炉灶上正烘烤着酥饼，熬着小米粥，炖着鸡汤，每一样都袅袅腾腾地冒着烟气呢。啊，怎么忘记了，香味还会从哪里，自然是只有从这厨房来的。

一只手托着，另一只手放在这只手的下面，为的是要接着那不经意间翛翛翻飞起来的，一层层一片片像雪花像落花的皮屑，和水晶玫瑰馅的甜香。

庭园的青石板路湿漉漉的，脚踏车通身挂着水珠，用块干布把坐垫和把手抹干了，书包在后座箍紧，从后门推出来，嗯，便当盒可记得带了？再用手探探书包罢。

青色的巷面，青色的门墙，青色的瓦，一条巷子似醒又没醒，巷头的天空静静的还印着昨夜的青色的月痕。秃毛黄狗又在垃圾箱边磨蹭了，老林蹲在巷口，身边放着一桶肥皂水。

毛巾浸到水桶里，拿出来揪干，先从车身擦洗起，这是要一路擦洗到车轮的每一根铁条都闪闪发光才行的，还一边哼着歌，反来复去就是那几句，望穿秋水，不见伊人的踪影。脚踏车的轮子磕到小石子，丁零零车铃自己响起来了。

大小姐早，老林抬起头来笑着说。

早安，空中服务员说，机舱灯一时重新开亮。早安，各位乘客。

毛毯折正，枕头放好，伸转一下腰身，活动一下头颈，拉起窗遮。早安，青亮的云层。早安，初升的太阳。无风无雨无雪的蓝色的天空超越一切现实在千万尺以上，凡是过去了的都是不悔咎不追究的，因为蓝色总是不容你辜负的。

餐车推在甬道上，机舱开始弥漫起咖啡和茶的香气。晶莹的刀叉，透亮的玻璃杯，雪白的餐巾纸上嵌印着花纹，从雪亮的高壶倾出冒烟的热水，随着愉快的咕咕声茶袋在玻璃杯内游出琥珀似的纹路，金红色的液体握在手中，加鲜奶，轻轻搅一搅，变成浓腴的蜜红，释放出只有早晨新冲的奶茶才能有的酣香。

顺着旋转的楼梯旋转着下楼，推开厨房的门，暖气迎上前来，明净的法兰西长窗前他们对坐，茶杯烁着瓷光，杯面折着水光，各种食物的芳香弥漫，忙碌又振奋的一天生活就要开始。

她披着织花披肩，他穿着毛背心，前者深灰，后者浅灰，颜色温和稳定，内自含光。

现在风吹进庭院了，吹开前面列出的所有的树木和花草，应风它们全数舒展开身姿，欢曳在窗玻璃上，灿烂地完成了背景的绘置。

他们进入画面，加入结构，融入脉络组织，动势中的静势，骚动中的安宁，缤纷中的简洁。一切华丽是他们的陪衬和拱卫，他们是两株奇卉，卓越的主题。

从数万尺高空降到数千尺，飘云底下乍现岛屿在海洋中的位置，上涨的潮水正在为岛岸镶打漂亮的花边。机身倾斜滑过绵延的山脉和丘陵，蜿蜒的河流和湖泊，错综的稻田和阡陌，晒谷场晒衣楼，天线电缆电杆，铁路公路街道车辆和行人，还有树林和树林，无处不在的树林，高高低低叠叠重重的绿色接续绿色和绿色的树林。这景象使她长出眼睛，喧哗生出耳朵，气味生出鼻子，然后衍生出手脚，有了骨骼和经络，流动起血液。

　　一群鹭鸶从林梢腾起，两脚并成一直线，平行展开巨大的双翼，以雪白的人字形状和她一起飞行在流动的地图上。

后记　再幻想——《金丝猿的故事》经典版小注

　　《金丝猿的故事》二〇〇〇年由"联合文学"第一次出版，成书后自己再读，深觉第四章经营得不妥当，多年来一直想修改它，现逢"联合文学"出"经典版"，正好动笔。

　　这一章，《每种认知过程都是忧郁的——日志》，原来写的是人物马怀宁的入山旅程，以日志方式进行叙述，文中收录了不少有关华夏西南历史地理风物传说等资料，和一个一厢情愿的寻猿而见猿的结局。

　　现在保留原章正题，副题"日志"及内容全删，新写三场战役取代，改副题为：百重岗之战、雪花，和林淖。原本中有关金丝猿的生态描述，用得上的都转去第一章，由筵席宾客们在酒酣耳热中引介，用不上的索性都舍了。这么改动，一是盼能消除资料汇辑的斧凿之痕，一是想脱离在当代文学中已为人知的生态环保议题。从"联合文学"总编辑王聪威先生通知将再版小说的去年春天开始，一改再改十数遍而不止，却是努力在剔除字里行间的不必要的热情和其他各种 nonsense。

　　大局变动，细节自然也得随之变动，与其说是修订，不如称之为再幻想，而在重新编造故事的过程中，对写者的我来说，越发领悟了一件事——文学无它，就是文字。

李渝创作·评论·翻译年表

1957

8月5日发表《国之本在家》于《中国一周》"青年园地"

8月26日发表《台风》于《中国一周》"青年园地"

11月11日发表《秋》于《中国一周》"青年园地"

11月18日发表《阳光》于《中国一周》"青年园地"

1958

1月13日发表《母亲》于《中国一周》"青年园地"

3月10日发表《年趣》于《中国一周》"青年园地"

8月25日发表《川端桥畔》于《中国一周》"青年园地"

9月8日发表《我的志愿》于《中国一周》"青年园地"

1964

6月30日发表《四个连续的梦》于《现代文学》第21期，后收录于《应答的乡岸》

1965

5月1日发表《夏日　满街的木棉花》于《文星》第16卷第1期总号91期；后易名为《夏日　一街的木棉花》，并收录于《应答的乡岸》《夏日蜘躇》，以及被选入《黄昏·廊里的女人》（1969年）

5月19日发表《水灵》于《中华日报》，后收录于《应答的乡岸》《九重葛与美少年》

6月发表《那朵迷路的云》于《幼狮文艺》第22卷第6期

6月30日发表《彩鸟》于《现代文学》第26期，后收录于《应答的乡岸》（作者自定完稿日期为6月15日）

8月19日发表《五月浅色的日子》于《联合报》第7版

1972

10月发表《台北故乡》于《东风杂志》第2期，后

收录于《应答的乡岸》

1973

3月发表《〈桂蓉媳妇〉演出的话》，后收录于李渝、简义明编《郭松棻文集：保钓卷》（2005年11月）；为庆祝三八妇女节在纽约曼哈顿演出《桂蓉媳妇》，本文由当时节目单上的文字改写

6月发表《在海外推展话剧运动是时候了》于《东风杂志》第3期，后收录于李渝、简义明编《郭松棻文集：保钓卷》

6月发表《雨后春花》于《东风杂志》第3期，后收录于李渝、简义明编《郭松棻文集：保钓卷》

1976

3月以笔名李元泽发表译作《超级画商》于《雄狮美术》第61期（文章译自1975年10月26日 Richard Blodgett 刊于 *The New York Times* 的一篇评论）

11月以笔名李元泽发表《反对新写实主义的李斯利》于《雄狮美术》第69期；后易名为《反照相写实的写实

主义——美国画家李斯利》，并收录于《族群意识与卓越风格：李渝美术评论文集》

1977

5月以笔名李元泽发表《版画中的近代中国》于《雄狮美术》第75期

7月以笔名李元泽发表《从山水到人物——中国后期人物画的现实精神》于《艺术家》第26期；后易名为《从山水到人物——清初绘画中的"正统"和"歧邪"》，并收录于《族群意识与卓越风格：李渝美术评论文集》

9月以笔名李元泽发表《七十年代回看抽象水墨画》于《雄狮美术》第79期

1978

1月发表《市民画家任伯年》于《雄狮美术》第83期，后收录于《任伯年——清末的市民画家》

2月出版《任伯年——清末的市民画家》，台北：雄狮图书股份有限公司（1985年修订再版）

3月发表《中国传统绘画中的女性形象》于《雄狮美

术》第 85 期；后易名为《丰腴和纤弱——中国古代绘画中的女性形象》，并收录于《族群意识与卓越风格：李渝美术评论文集》

3 月以笔名李元泽发表《歌唱的时代——西方电影的新型妇女》于《雄狮美术》第 85 期

1980

3 月发表《返乡——再见纯子》于《现代文学》复刊第 10 期，后被选入柯庆明编《现代文学精选集·小说（Ⅲ）》（2012 年 4 月）

9 月以笔名李元泽发表译作《温室里的前卫艺术——纽约"现代美术馆"建馆五十周年的反省》于《雄狮美术》第 115 期，后收录于《族群意识与卓越风格：李渝美术评论文集》（文章译自 1979 年 11 月 Hilton Kramer 刊于 *The New York Times* 的一篇评论）

1981

3 月发表《关河萧索》于《中报杂志》第 14 期，后收录于《应答的乡岸》，作者自定完稿日期为 1980 年冬

日，以及被选入李黎编《海外华人作家小说选》（1983 年 12 月）

3 月出版译作《现代画是什么？》，台北：雄狮图书股份有限公司

4 月发表《唯美和现实——评"泼水节——生命的赞歌"兼评文革后中国绘画》于《雄狮美术》第 122 期，后收录于《族群意识与卓越风格：李渝美术评论文集》

9 月发表《记纽约大都会美术馆艾斯特庭园及狄伦画廊》于《雄狮美术》第 127 期，亦刊于《新土杂志》；后易名为《都会中的一方宁静——纽约大都会博物馆的艾斯特庭园》，并收录于《族群意识与卓越风格：李渝美术评论文集》

9 月发表译作《附译——狄伦画廊和艾斯特庭园》于《雄狮美术》第 127 期，亦刊于《新土杂志》；后收录于《族群意识与卓越风格：李渝美术评论文集》（文章译自 1981 年 6 月 5 日 Hilton Kramer 刊于 *The New York Times* 的一篇评论）

12 月发表加州大学柏克莱分校博士论文 The Figure Paintings of Jen Po-nien (1840-1896): The

Emergence of a Popular Style in Late Chinese Painting

1982

7月发表《从俄国到中国——中国现代绘画里的民族主义和先进风格》于《雄狮美术》第137期，后收录于《族群意识与卓越风格：李渝美术评论文集》

1983

3月5日发表《华盛顿广场》于《中国时报·人间副刊》

3月8日发表《女明星·女演员》于《中国时报·人间副刊》"异乡人"专栏

4月发表《让艺术史的江河向前流去：〈任伯年——清末的市民画家〉自评》于《雄狮美术》第146期，后收录于《族群意识与卓越风格：李渝美术评论文集》

4月4日发表《五个东欧妇人》于《中国时报·人间副刊》

4月28日发表《女性的故事》于《中国时报·人间副刊》"异乡人"专栏

5月22日发表《金合欢》于《中国时报·人间副刊》，8月1日另刊于《七十年代》，后收录于《九重葛与美少年》

6月发表《本土文化和外来文化影响》于《雄狮美术》第148期；后易名为《贝聿铭和香山饭店》，并收录于《族群意识与卓越风格：李渝美术评论文集》

6月9日发表《并非败者》于《中国时报·人间副刊》

6月26日发表《人世的绘画，历史的绘画》于《中国时报·人间副刊》"异乡人"专栏

7、8月以笔名李元泽发表编译《"新欧洲"画家》于《雄狮美术》第149、150期，后收录于《族群意识与卓越风格：李渝美术评论文集》（文章译自1983年4月24日 John Russell 刊于 *The New York Times* 的一篇评论；而在《雄狮美术》第150期的"新欧洲绘画专辑"中，虽也编译了法国、瑞典、西班牙与比利时的新绘画，但书中未收录这部分）

7月发表《我们期待已久——"新欧洲绘画"的出现》于《雄狮美术》第149期

9月19日发表《童年虽然"愚骏"，也永远存在——

评影片〈城南旧事〉》于《中国时报·人间副刊》，10月1日另刊于《七十年代》

10月2日至4日发表《江行初雪》于《中国时报·人间副刊》，荣获该年中国时报甄选小说首奖；后收录于《应答的乡岸》，以及被选入梅家玲、郝誉翔编《小说读本·上》（2002年8月）

11月10日发表《重逢》于《中国时报·人间副刊》"异乡人"专栏

1984

1月30日至31日发表《烟花——温州街的故事》于《中国时报·人间副刊》；后收录于《温州街的故事》，以及被选入聂华苓编《台湾中短篇小说选》（1984年）

3月25日发表《让文学提升政治·让文学归于文学——"江行初雪"不是政治宣言》于《中国时报·人间副刊》，后收录于《应答的乡岸》

8月发表《就画论画——〈中国绘画史〉译序》于《雄狮美术》第162期；后收录于译作《中国绘画史》，以及被选入兰静思编《海外华人散文精粹·下》（1995年4月）

9月1日发表《走的人多了，也便成了路——看〈半边人〉》于《九十年代》

9月2日发表《又荒唐·又苍凉——从马奎兹到台湾乡土文学》于《中国时报·人间副刊》

9月12日发表《观点与风格——光辉的中国文人传统》于《中国时报·人间副刊》"异乡人"专栏

10月出版译作《中国绘画史》，台北：雄狮图书股份有限公司；后易名为《图说中国绘画史》，北京：生活·读书·新知三联书店，2014年4月

11月发表《豪杰们》于《联合文学》"短篇小说风云六家"第1卷第1期创刊号，亦在同月9日搭配夏志清评论文《真正的豪杰们》刊于《联合报·联合副刊》，后收录于《应答的乡岸》

1985

1月31日发表《翻译并非次等事》于《中国时报·人间副刊》"异乡人"专栏

2月9日发表《朵云》于《中国时报·人间副刊》"温州街的故事"专栏；后收录于《温州街的故事》《夏日踟

踬》，以及被选入梅家玲编《弹子王》（2006 年 1 月）

2 月 16 日发表《模仿与独创》于《中国时报·人间副刊》"异乡人"专栏

6 月 10 日完稿《菩提树》，后被选入杨佳娴编《台湾成长小说选》（2004 年 10 月）

11 月 24 日发表《从前有一片防风林》于《中国时报·人间副刊》，后收录于《应答的乡岸》

1986

1 月 5 日至 7 日发表《夜琴》于《中国时报·人间副刊》"温州街的故事"专栏；后收录于《温州街的故事》《夏日踟躇》，以及被选入季季编《七十五年短篇小说选》（1987 年 3 月），王德威编《典律的生成——年度小说选三十年精选》（1998 年 4 月），王德威、黄锦树编《原乡人：族群的故事》（2004 年 11 月）

5 月 11 日发表《娜拉的选择》于《中国时报·人间副刊》

5 月 18 日发表《花式跳水者》于《联合报·联合副刊》；后收录于《应答的乡岸》，以及被选入王渝编《世界

华文微型小说名家名作丛编（欧美卷）》（1996年）

5月25日发表《疗愈的手，飞起来》于《中国时报·人间副刊》"温州街的故事"专栏，后收录于《温州街的故事》

8月发表《童年和童年的失落——影片〈童年往事〉看了以后所想起的》于《当代》第4期

12月发表《童年的再失落——电影评论的多元性》于《当代》第8期

1987

3月发表《明灯》于《联合文学》第3卷第5期总号29期，讨论画家余承尧；后节录部分文章，易名为《独立的艺术家》，并收录于《族群意识与卓越风格：李渝美术评论文集》

5月23日至6月1日发表《她穿了一件水红色的衣服》于《中国时报·人间副刊》，连载十回，后收录于《温州街的故事》

9月30日发表《诚意山水·情意山水》于《中国时报·人间副刊》"观余承尧先生画作"，10月另刊于《雄狮美术》第 200 期 "本期焦点：余承尧作品赏析"；曾被选入《余承尧的世界》，台北：雄狮图书股份有限公司，1988 年；后易名为《纵逸山水》，并收录于《族群意识与卓越风格：李渝美术评论文集》

10 月 2 日至 3 日发表《寻找一种叙述方式》于《中国时报·人间副刊》，后以《小说推荐奖——雷骧〈矢之志〉评审意见》为题被收入陈怡真编《昆虫纪事——第十届时报文学奖得奖作品集》（1987 年 12 月）

10 月 14 日发表《叙述观点新奇的小说》于《中国时报·人间副刊》，后以《小说优等奖——苔青〈在兽医的桌旁〉评审意见》为题被收入陈怡真编《昆虫纪事——第十届时报文学奖得奖作品集》（1987 年 12 月）

12 月 7 日至 8 日发表《索漠之旅》于《自立晚报·副刊》，连载两回，后被选入柏杨编《是龙还是虫——一九八七台湾现实批判》（1988 年 3 月）

1988

4 月 19 日至 20 日发表《檐雨》于《中国时报·人间副刊》"当代华文女作家短篇小说大展"

8月21日发表《郎静山先生·父亲·和文化财》于《中国时报·人间副刊》，后收录于《温州街的故事》

9月19日发表《月印万川——再识沈从文》于《中国时报·人间副刊》

10月18日至19日发表《宫闱电影的联想——历史和个人》于《联合报·联合副刊》

1989

1月发表《绘画是种不休止的介入——谈余承尧山水》于《当代》第33期，后收录于《族群意识与卓越风格：李渝美术评论文集》

2月发表《梦的王国梁山泊——女性和梦在"水浒"里的位置》于《联合文学》第5卷第4期总号52期

2月发表《梦归呼兰——谈萧红的叙述风格》于《女性人》创刊号（李渝为刊物编辑委员会的一员）

12月完稿《夜煦——一个爱情故事》；后收录于《温州街的故事》，以及被选入马森、赵毅衡编《潮来的时候——台湾及海外作家新潮小说选》（1992年），本选集后说明此作完成于1989年12月

1990

2月27日，发表《炼狱进出》于《中国时报·人间副刊》；后易名为《地狱天使——英国画家法兰西斯·培根》，并收录于《行动中的艺术家：美术文集》

6月发表《民族主义·集体活动·自由心灵》于《雄狮美术》第232期，后收录于《族群意识与卓越风格：李渝美术评论文集》

6月7日至12日发表《冬天的故事》于《联合报·联合副刊》，连载六回，后改写为《三月萤火》

1991

1月发表《八杰公司——温州街的故事》于《联合报·联合副刊》，后收录于《应答的乡岸》《夏日踟蹰》（虽表记为"温州街的故事"，但后未收录于《温州街的故事》）

2月13日发表《台静农先生·父亲和温州街》于《中国时报·人间副刊》，后收录于《温州街的故事》

4月6日发表《简谈"阳关"》于《中国时报·人间副刊》"三岸互评"

6月发表《从墨西哥到中国台湾——文化入侵、弱势风格的压制和复兴》于《雄狮美术》第244期，后收录于《族群意识与卓越风格：李渝美术评论文集》

8月发表《失去的庭园》于《联合文学》第7卷第10期总号82期，后收录于《九重葛与美少年》

9月出版《温州街的故事》，台北：洪范书店有限公司；获选《联合文学》策划专题"八十年度十大文学好书（作家票选）"第6名；《联合文学》为这十大好书分别找了评论者撰文述介，见黄碧端《在迷津中造境——评李渝的〈温州街的故事〉》，《联合文学》第8卷第4期总号88期（1992年2月）

11月15日发表《多一点想象力就多一些传奇》于《中国时报·开卷专刊》"书的体温"，推介葛兆光《想象力的世界》

11月28日发表《葛蒂玛的〈朱利的族人〉和她对"女作家"的看法》于《中国时报·人间副刊》

1992

4月25日发表《水流上的软木栓——抗议和不抗议

的艺术》于《中国时报·人间副刊》，后收录于《族群意识与卓越风格：李渝美术评论文集》

8月23日发表《追忆似水年华》于《中国时报·人间副刊》"散文的创造·名家联展"系列，后被选入痖弦编《散文的创造——联副名家散文选》(1994年)

10月26日发表《礼物》于《联合报·联合副刊》

1993

2月23日至3月17日发表《无岸之河》于《中国时报·人间副刊》，连载共十九回，后收录于《应答的乡岸》《夏日踟蹰》，以及被选入陈义芝编《八十二年短篇小说选》(1994年)

7月发表《鹏鸟的飞行——余承尧山水》于《雄狮美术》第269期，亦刊于《中国时报·人间副刊》；后易名为《鹏鸟的飞行》，并收录于《族群意识与卓越风格：李渝美术评论文集》

7月16日发表《颜色和声音》于《联合报·联合副刊》"夏日读红楼梦"专栏，后收录于《拾花入梦记：李渝读红楼梦》

7月26日发表《不道德的小说家》于《联合报·联合副刊》"夏日读红楼梦"专栏,后收录于《拾花入梦记:李渝读红楼梦》

8月8日发表《翻译比创作更重要》于《中国时报·人间副刊》

8月14日发表《女性的语声》于《联合报·联合副刊》"夏日读红楼梦"专栏,后收录于《拾花入梦记:李渝读红楼梦》

8月15日发表《守护着的姐妹们》于《联合报·联合副刊》,后收录于《拾花入梦记:李渝读红楼梦》

8月17日发表《精秀的女儿们》于《联合报·联合副刊》"夏日读红楼梦"专栏,后收录于《拾花入梦记:李渝读红楼梦》

9月28日发表《男性的女性化》于《联合报·联合副刊》,后收录于《拾花入梦记:李渝读红楼梦》

10月20日发表《梦幻和仪式:红楼梦的神话结构》于《联合报·联合副刊》,后收录于《拾花入梦记:李渝读红楼梦》

12月30日发表《红楼梦探赏》于《联合报·联合副

刊》，刊有《少年和老年同体》《探春和南方》《梦中的醒者，成年的代号——贾政》三文，后收录于《拾花入梦记：李渝读红楼梦》

1994

2月17日发表《兼美》于《联合报·联合副刊》"红楼梦探赏"，后收录于《拾花入梦记：李渝读红楼梦》

1995

1月2日发表《文艺失忆史》于《中国时报·人间副刊》

2月13日至14日发表《当海洋接触城市》于《联合报·联合副刊》，后收录于《夏日踟躇》

5月8日至9日发表《来自伊甸园的消息——女动物学家和猩猩的故事》于《中国时报·人间副刊》

8月9日至11日发表《蹢躅之谷》于《联合报·联合副刊》；后易名为《踟躇之谷》，并收录于《夏日踟躇》，以及被选入齐邦媛、王德威编《最后的黄埔：老兵与离散的故事》（2004年2月）

9月14日发表《跛扈的自恋——张爱玲》于《中国时报·人间副刊》"纪念张爱玲辞世"专题

1996

7月2日至7日发表《寻找新娘》于《中国时报·人间副刊》，连载六回，后收录于《夏日踟躇》，集中另有一篇《寻找新娘（二写）》

9月9日发表《保钓和"文革"》于《中国时报·人间副刊》

1997

发表《沈从文——边城文魄》（此为雷骧导演的"作家身影"系列第9集的文稿）

3月发表《号手》于《中外文学》专辑"歧径花园：短篇小说十二家新作暨评论展（上）"，第25卷第10期总号298期（搭配黄碧端评论文《叙事的矛盾和失落的号声——我看〈号手〉》），后收录于《夏日踟躇》

4月25日发表《情爱豪艳》于《中国时报·人间副刊》

5月20日至22日发表《呼唤美丽言语》于《联合报·联合副刊》，连载三回

1999

2月23日发表《忘忧》于《联合报·联合副刊》

4月出版《应答的乡岸——小说二集》，台北：洪范书店有限公司

4月11日发表《风定》于《联合报·联合副刊》

6月14日发表《庄严》于《联合报·联合副刊》

9、10月发表《金丝猿的故事》（节录）于《联合文学》第15卷第11、12期，总号179、180期，后收录于《金丝猿的故事》

11月21日发表《燸情——英国青年艺术家》于《世界日报·世界副刊》，后收录于《行动中的艺术家：美术文集》

12月发表《弘一》于《今天》，后收录于《行动中的艺术家：美术文集》

2000

1月11日发表《内航——克劳卡杭、玛雅德芮、辛蒂雪曼》于《世界日报·世界副刊》，后收录于《行动中的艺术家：美术文集》

3月4日至5日发表《虚实——传宋人〈溪岸图〉》于《世界日报·世界副刊》，连载两回，后收录于《行动中的艺术家：美术文集》

10月出版《金丝猿的故事》，台北：联合文学出版社（2012年8月修订再版）

2001

10月出版《族群意识与卓越风格：李渝美术评论文集》，台北：雄狮图书股份有限公司

12月11日发表《给纽约》于《联合报·联合副刊》

2002

1月3日至4日发表《梦的共和国》于《联合报·联合副刊》，连载两回，讨论画家、小说家舒兹

5月出版《夏日踟蹰》，台北：麦田出版社

10月发表《被遗忘的族类》于《联合文学》第18卷第12期总号216期

2003

5月18日发表《艺术家参战》于《自由时报·自由副刊》，讨论画家马奈，后收录于《行动中的艺术家：美术文集》

5月22日至6月6日发表《提梦》于《联合报·联合副刊》，连载十六回，后收录于《贤明时代》

7月发表《光阴忧郁——赵无极作品一九六○至一九七二》于《艺术家》第57卷第1期总号338期，后收录于《行动中的艺术家：美术文集》

10月发表《和平时光》于《印刻文学生活志》第2期"十月小说"，后收录于《贤明时代》

2004

3月18日至19日发表《构造乌托邦》于《自由时报·自由副刊》，讨论画家马列维奇，后收录于《行动中的艺术家：美术文集》

5月14日至15日发表《似锦前程——温州街的故事》于《联合报·联合副刊》"联副小说特区"，后收录于《九重葛与美少年》

6月发表《日光女子》于《印刻文学生活志》第10期；后易名为《日光静好——维梅尔》，并收录于《行动中的艺术家：美术文集》

6月发表《美人和野兽——张学良的幽禁／悠静生活》于《明报月刊》第39卷第6期总号462期

7月发表《父与女——抑郁的陈布雷与叛逆的陈琏》于《明报月刊》第39卷第7期总号463期

8月发表《戒爱不戒色——张爱玲与她笔下人物》于《明报月刊》第39卷第8期总号464期

9月发表《在莽林里搭建乌托邦——中国才子瞿秋白》于《明报月刊》第39卷第9期总号465期

10月发表《以浪漫的自豪走过历史桥梁——梁思成和林徽因找寻中国古建筑》于《明报月刊》第39卷第10期总号466期

2005

3月14日至15日发表《抖抖擞擞过日子——夏志清教授和〈中国现代小说史〉》，后被选入姚嘉为编《亦侠亦狂一书生：夏志清先生纪念集》（2014年12月）

3月25日发表《二枕记》于《联合报·联合副刊》，讨论画家陈澄波，后收录于《行动中的艺术家：美术文集》

4月12日至13日发表《悄吟和三郎——萧红与萧军的情爱和文学生活》

7月出版《贤明时代》，台北：麦田出版社

8月发表《创作无疆界》于《明报月刊》第40卷第8期总号476期

8月19日至20日发表《收回的拳头》于《联合报·联合副刊》"联副小说特区"，2008年6月26日另刊于《世界日报·世界副刊》，后收录于《九重葛与美少年》

2006

7月发表《漂流的意愿，航行的意志》于《明报月刊》第41卷第7期总号487期

12月20日发表《六时之静》于《联合报·联合副刊》"联副小说特区"

2007

7月3日发表《交脚菩萨》于《联合报·联合副刊》

9月4日发表《故宫案》于《联合报·联合副刊》

9月26日发表《写作外一章——怎么活过来的?》于《联合报·联合副刊》

12月21日发表《饲虎》于《联合报·联合副刊》

2008

7月22日发表访谈稿《在体制中迂回前行——专访新生小学校长刘美娥》于《台湾立报》

8月8日发表《胖妹,你在哪里?》于《联合报·联合副刊》"参观故宫"

8月30日发表《永春》于《联合报·联合副刊》;本文为张错著《雍容似汝——陶瓷、青铜、绘画荟萃》(2008年9月)一书的序,亦在10月刊于《艺术家》第67卷第4期总号401期

9月9日发表《美艳校长》于《中国时报·人间副刊》

10 月 发 表 Summer 1961；英 译 郭 松 棻 小 说 集 *Running Mother and Other Stories*（2009）的前言，李渝亦参与了部分小说的英译工作

11月发表《春深回家》，收录于柯庆明编《台大八十，我的青春梦》

2009

3月15日至16日发表《离散和团圆——圆明园铜兔、鼠二首索归事件》于《联合报·联合副刊》，连载两回，后收录于《行动中的艺术家：美术文集》

5月14日发表《美好时代》于《中国时报·人间副刊》"怀念高信疆"

8月26日至27日发表《亮羽鹄》于《联合报·联合副刊》，连载两回；10月25日至27日另刊于《世界日报·世界副刊》；本文前半部另启为小说《丛林》，并共同收录于《九重葛与美少年》

9月出版《行动中的艺术家：美术文集》，台北：艺术家出版社

9月12日发表《抒情时刻》于《联合报·联合副刊》，收录于《行动中的艺术家：美术文集》

2010

3月发表《梦里花儿落多少——红楼梦里的童年和成长》于《文讯》第293期，后收录于《拾花入梦记：李渝读红楼梦》

4月5日发表《富春山居图》于《联合报·联合副刊》

7月发表《待鹤》于《印刻文学生活志》第6卷第11期总号83期；后收录于《九重葛与美少年》，以及被选入郭强生编《九十九年小说选》（2011年3月）

10月19日至20日发表《贾政不做梦》于《中国时报·人间副刊》，后收录于《拾花入梦记：李渝读红楼梦》

10月24日发表《我想看到的是——花博测展观后》于《联合报·联合副刊》

2011

1月28日发表《战后少年》于《联合报·联合副刊》

4月出版《拾花入梦记：李渝读红楼梦》，新北：印

刻文学

4月发表《岸上风云——〈溪岸图〉鉴别事件揭实》于《印刻文学生活志》第7卷第8期总号92期

5月24日发表《重获金铃子——向聂华苓老师致敬》于《中国时报·人间副刊》（本文为李渝在同年5月16日台大聂华苓学术研讨会的发言）

2012

3月发表《给明天的芳草》于《印刻文学生活志》第8卷第7期总号103期，后收录于《九重葛与美少年》

3月29日发表《倡人仿生》于《联合报·联合副刊》，4月18日另刊于《世界日报·世界副刊》，后收录于《九重葛与美少年》

6月25日发表《为〈文讯〉着急》于《中国时报·人间副刊》

7月发表《眷文者后记》，收录于郭松棻《惊婚》

10月发表《三月萤火》于《印刻文学生活志》第9卷第2期总号110期，后收录于《九重葛与美少年》

12月30日至31日发表《建筑师阿比》于《联合

报·联合副刊》，连载两回；2013 年 2 月 12 日至 16 日
另刊于《世界日报·世界副刊》；后收录于《九重葛与美
少年》

2013

2 月发表《夜渡》于《短篇小说》第 5 期，后收录于
《九重葛与美少年》

4 月 2 日至 3 日发表《海豚之歌》于《中国时报·人
间副刊》，后收录于《九重葛与美少年》

6 月出版《九重葛与美少年——李渝小说十五篇》，
新北：印刻文学；荣获第 38 届金鼎奖图书类出版奖文学
图书奖，亦入围 2014 年台北国际书展大奖（小说类）

2014

2 月 26 日发表《敬念高居翰老师》于《中国时报·人
间副刊》

2015

11 月发表《编者前言》，收录于李渝、简义明编《郭

松菜文集：哲学卷》

11月发表《编者前言》，收录于李渝、简义明编《郭松菜文集：保钓卷》

11月发表《射雕回看》，收录于李渝、简义明编《郭松菜文集：保钓卷》（本文由《保钓和"文革"》一文增写而来）

2016

11月《那朵迷路的云：李渝文集》出版，梅家玲、钟秩维、杨富闵编，台北：台大出版中心

＊台湾大学文学院博士后研究员钟秩维整理

图书在版编目（CIP）数据

金丝猿的故事 / (美) 李渝著. -- 北京：九州出版社, 2020.11

ISBN 978-7-5108-9298-1

Ⅰ.①金… Ⅱ.①李… Ⅲ.①长篇小说—美国—现代

Ⅳ.①I712.45

中国版本图书馆CIP数据核字(2020)第127458号

著作权合同登记号：01-2020-5404

金丝猿的故事

作　　者	李　渝　著	
责任编辑	周　春	
封面设计	李　易	
出版发行	九州出版社	
地　　址	北京市西城区阜外大街甲35号（100037）	
发行电话	（010）68992190/3/5/6	
网　　址	www.jiuzhoupress.com	
电子信箱	jiuzhou@jiuzhoupress.com	
印　　刷	北京天宇万达印刷有限公司	
开　　本	880毫米×1194毫米　　32开	
印　　张	6.75	
字　　数	102千字	
版　　次	2021年3月第1版	
印　　次	2021年3月第1次印刷	
书　　号	ISBN 978-7-5108-9298-1	
定　　价	42.00元